O livro das mulheres extraordinárias

Xico Sá

O livro das mulheres extraordinárias

TRÊS
ESTRELAS

Copyright © 2014 Três Estrelas – selo editorial da Empresa Folha da Manhã S.A.

Todos os direitos reservados. Nenhuma parte desta obra pode ser reproduzida, arquivada ou transmitida de nenhuma forma ou por nenhum meio sem a permissão expressa e por escrito da Empresa Folha da Manhã S.A., detentora do selo editorial Três Estrelas.

EDITOR Alcino Leite Neto
EDITOR-ASSISTENTE Bruno Zeni
COORDENAÇÃO DE PRODUÇÃO GRÁFICA Mariana Metidieri
PRODUÇÃO GRÁFICA Iris Polachini
CAPA E ILUSTRAÇÕES DE CAPA Wagner William
RETRATOS DA CAPA Vera Fisher, Sabrina Sato, Camila Pitanga, Thaís Araújo, Fernanda Lima, Luiza Brunet, Jaqueline dos Santos Morais e Fabiana da Silva Oliveira
PROJETO GRÁFICO DO MIOLO Mayumi Okuyama
EDITORAÇÃO ELETRÔNICA Jussara Fino
PREPARAÇÃO Cacilda Guerra
REVISÃO Carmen T. S. Costa e Lila Zanetti

Dados Internacionais de Catalogação na Publicação (CIP)
(Câmara Brasileira do Livro, SP, Brasil)

Sá, Xico
 O livro das mulheres extraordinárias / Xico Sá.
 – São Paulo: Três Estrelas, 2014.

2ª reimpr. da 1ª ed. de 2014.
ISBN 978-85-65339-31-5

1. Crônicas brasileiras I. Título.

14-04855   CDD-869.93

Índices para catálogo sistemático:
1. Crônicas: Literatura brasileira 869.93

Este livro segue as regras do Acordo Ortográfico da Língua Portuguesa (1990), em vigor desde 1º de janeiro de 2009.

TRÊS
ESTRELAS

Al. Barão de Limeira, 401, 6º andar
CEP 01202-900, São Paulo, SP
Tel.: (11) 3224-2186/2187/2197
editora3estrelas@editora3estrelas.com.br
www.editora3estrelas.com.br

Sumário

18 **Apresentação**
Crônica da devoção escancarada

25 **Luiza Brunet**
Venho por meio desta...

28 **Camila Pitanga**
Diálogos das grandezas do Brasil

33 **Alice Braga**
Ela é a lenda

35 **Gal Costa**
Diante dela todo rapaz quer ser o tal

37 **Gisele Bündchen**
Na cadência bonita de quem equilibra uma lata d'água na cabeça

40 **Gaby Amarantos**
Como o petróleo, Gaby é nossa

41 **Deborah Secco**
Pedaço de mau caminho

43 **Adriana Esteves**
Além, muito além de Carminha e da moral brasileira

45 **Ilze Scamparini**
A mulher do papa Francisco

47 **Michelli Provensi**
As aventuras da menina de Maravilha

49 **Lucélia Santos**
No busão com a escrava Isaura

51 **Para Maria,**
com uma flor

53 **Marina Mantega**
Superávit da beleza brasileira

55 **Sabrina Sato**
Quando o zen significa "só no sapatinho"

57 **Maria Ribeiro**
Cabecismo e selvageria, tudo ao mesmo tempo agora

59 **Lygia Fagundes Telles**
Todas as meninas numa só

61 **Iris Lettieri**
Os sussurros que nos acalmam nos aeroportos

63 **Carol Abras**
Todo homem é uma ilha

65 **Hermila Guedes**
Viagem ao fim da noite do Recife

68 **Isis Valverde**
Como é difícil separar atriz e personagem

70 **Karine Carvalho**
Os olhinhos do milagre de Fátima

72 **Camila Morgado**
Onde queres fofura, rock'n'roll

76 **Paula Burlamaqui**
Quando um tesão é um tesão é um tesão é um tesão

77 **Claudia Ohana**
O amor à prova de técnicas depilatórias

79 **Marina de la Riva**
Miradas sutis que penetram a alma

81 **Sophie Charlotte**
Minha Serra Pelada, meu tesouro

83 **Mayana Moura**
Rockstar gótica, o tempo e o vento

85 **Marisa Monte**
Memórias, crônicas e declarações de amor

88 **Bebel Gilberto**
Ho-ba-la-lá meu coração

89 **Bárbara Paz**
Uma ficção erótica em Copacabana

91 **Rita Wainer**
E um cadáver inventado como prova amorosa

93 **Glória Maria**
Desejo, aventura e notícia

94 **Lia de Itamaracá**
A ciranda que gira em torno do Sol

95 **Monique Evans**
Na cama com a musa na madruga

97 **Virginia Cavendish**
Ave, vixe

98 **Mariana Lima**
Amor à primeira e à última vista

99 **Ana Paula Arósio**
A hora de sair de quadro para entrar na vida a galope

101 **Marisa Orth**
O riso, o brega, a gostosura superior

103 **Pocahontas**
Tesouro da minha ostentação da Baixada

105 **Grazi Massafera**
Um baile nos sentidos do homem

109 **Maria Beltrão**
Breviário pela simplicidade radical da vida

111 **Luana Piovani**
Só com a ajuda do Verissimo

113 **Thaís Araújo**
E tudo nesse vinho mais se apura

115 **Cléo De Páris**
Crença da existência do Sol aos olhos maltrapilhos

117 **Marina Lima**
Assim você acaba me conquistando...

119 **Luisa Moraes**
Ela é tudo isso mesmo, rapaz

121 **Fernanda Lima**
O eterno retorno do alumbramento

124 **Mariana Ximenes**
Todo canalha é um masoquista diante dela

126 **Paula Braun**
O cheiro do desejo

128 **Lívia Mattos**
Um desenho de Carybé

130 **Juliana Paes**
Boa como ela não há

132 **Maitê Proença**
A verdade acerca do amor

135 **Ana Beatriz Barros**
A moqueca de maridos

137 **Carla Camurati**
No olho mágico do amor

139 **Negra Li**
Negra linda e tudo mais que houver nesta vida

141 **Maria Fernanda Cândido**
Viagem ao coração da mulher

143 **Rê Bordosa**
A maior anti-Amélia da humanidade

145 **Débora Falabella**
Um mundo de sensações

147 **Luciana Vendramini**
Labareda em minha carne, velho Nabokov

150 **Tulipa Ruiz**
O som da maciez de um colo

151 **Clarice Falcão**
Uma artista poderosa

153 **Maria Luiza Jobim**
Passarim de mim

155 **Thalma de Freitas**
Que espetáculo é a vida ao vê-la

157 **Bruna Lombardi**
Os signos da cidade e o banho mais pedagógico e erótico do mundo

159 **Sheron Menezes**
Se eu fosse contar as vezes...

161 **Rita Lee**
A metanoia epifânica

163 **Suyane Moreira**
A beleza de onde os fracos não têm vez

164 **Flávia Alessandra**
A mulher que ilumina

165 **Nicole Puzzi**
A diva que nunca saiu do inconsciente

168 **Mallu Magalhães**
Uma noite flamejante no Clash

170 **Maeve Jinkings**
A vida é uma história contada por um idiota, cheia de som e de fúria, que nada significa

171 **Nanda Costa**
Os mistérios de um belo bosque

174 **Jéssica Mara**
A Lupita brasileira

176 **Maria Casadevall**
Hipóteses para o amor e a verdade

177 **Giulia Gam**
A ideia eterna de mulher moderna

179 **Maria Manoella**
Mulher enquanto promessa de felicidade

181 **Maria Luísa Mendonça**
Meu eterno coração iluminado

182 **Dira Paes**
A nova deusa da mitologia selvagem

184 **Antonia Pellegrino**
A sagração dos peitos primaveris

186 **Emanuela de Paula**
Os mistérios do Cabo de Santo Agostinho

187 **Gloria Pires**
Se Deus desistiu, vale tudo

190 **Claudia Abreu**
O sorriso que tem o que outros não têm

192 **Guta Ruiz**
Elogio da beleza da mulher de nariz grande

194 **Patricia Pillar**
A inesquecível noite com Waldick

196 **Mayana Neiva**
A giganta que saiu da costela de Zé Limeira

198 **Patrícia Poeta**
Eu receberia as piores notícias dos teus lindos lábios

200 **Débora Bloch**
Ruiveza-mor, socrática, irônica, deliciosa

202 **Maria Júlia Coutinho**
Que tempo bom quando ela aparece na tevê

204 **Karina Buhr**
No terreiro dos deuses que dançam

205 **Bruna Tang**
Musa dos avulsos mochileiros das galáxias

207 **Bianca Comparato**
Mulher íntima da tempestade

209 **Sônia Braga**
Mitologia brasileira tem nome

211 **Fernanda Torres**
O fim da fantasia de que o amor transforma os homens

213 **Leandra Leal**
Porque o sol há de brilhar mais uma vez e a luz há de chegar aos corações

215 **Marília Gabriela**
A bela arte da pergunta

217 **Alessandra Negrini**
Ou Nelson Rodrigues em corpo e alma

219 **Catarina Dee Jah**
Completa selvageria dos trópicos

221 **Pitty**
"Digo que te adoro, digo que te acho foda"

222 **Cintia Dicker**
A ruiva existencialista

223 **Elke Maravilha**
A russa que reinventou a mulher brasileira

225 **Alessandra Berriel**
Para acordar os homens e adormecer as crianças

227 **Carolina Dieckmann**
Caso de amor, tesão e ternura

229 **Céu**
A mulher que toca fogo no Paraíso

231 **Betty Faria**
Linda, plena, verdadeira e destemida

233 **Débora Nascimento**
Clorofila do Hulk, fotossíntese da humanidade

234 **Fernanda Takai**
Ao oriente do Oriente, lá por trás daquela serra

236 **Lídia Brondi**
Tão longe da tevê, tão perto da imaginação

239 **Bárbara Eugênia**
Quando o amor estoura os gomos da pupila psicodélica

241 **Martha Nowill**
A invenção do pecado sem perdão

243 **Cleo Pires**
Poema de travessia e desejo

245 **Lea T**
Te amo em número, gênero e grau

247 **Malu Mader**
O jeito simples de aparecer nos sonhos

249 **Brenda Ligia**
Das melhores coisas do mundo

251 **Vera Fischer**
em dois momentos

EM MEMÓRIA

255 **Marina Montini**
A mulata com pássaro

257 **E também às deliciosas musas que já se foram:**
Dina Sfat, Sandra Bréa, Marietta Baderna, Bárbara de Alencar, Pagu, Dadá, Luz del Fuego, Leila Diniz, Clarice Lispector, Hilda Hilst e Ana Cristina Cesar

261 **Agradecimentos extraordinários**

263 **Sobre o autor**

Por falar em fêmeas extraordinárias,
ofereço este livro às minhas três irmãs,
Rosa, Rivânia e Nágela,
cada uma especial ao seu modo e estilo,
que me ensinaram a amar
todas as mulheres do mundo.

As pernas das mulheres são compassos que circulam pelo globo terrestre em todos os sentidos, dando a ele seu equilíbrio e sua harmonia.
Fala do filme O *homem que amava as mulheres* (1977), de François Truffaut

*Agora chegou a vez, vou cantar,
mulher brasileira em primeiro lugar.*
Benito Di Paula, "Mulher brasileira"

Apresentação

Crônica da devoção escancarada

Diante delas eu me sinto como Alberto Moravia, o escritor italiano que sabia ver e entender as mulheres como quase nenhum outro no mundo. Em 1965, quando este cronista ainda engatinhava sobre o cimento queimado em vermelho dos pecados futuros, o autor de *Os indiferentes* se derramou por Claudia Cardinale e fez com a brava mocinha de *Era uma vez no Oeste* um livro-entrevista, que ele definiu como "a descrição de um corpo no espaço".

Diante delas, pretendo terminar meus dias. Que este *Livro das mulheres extraordinárias* seja o primeiro de muitos, um seriado de amor e devoção até o túmulo.

Aqui estão os meus amores televisivos, cinematográficos, dramáticos, musicais, artísticos... Amores do gênero "tão longe e tão perto". Amores pop, amores que divido com a massa – nossas fêmeas desconhecidas íntimas! – e um punhado de amores bem particulares, mulheres ainda nem tão conhecidas assim, porém igualmente idolatradas, salve, salve.

Meus amores da televisão, simplesmente, como na canção singela de Roberto e Erasmo. Meus amores ilusórios, meus amores porque fetiches, meus amores de *Playboy*, meus amores da hora do jantar solitário, meus amores revistos e ampliados, como a atriz Nicole Puzzi, que acabo de rever no palco de um bar em Santa Cecília, São Paulo, nove graus com chuva fina.

Meus amores atualizadíssimos, como a cantora Mallu Magalhães, rapariga em flor cujo *début* testemunhei na paulistaníssima boate Clash, na Barra Funda, em noite igualmente gelada. Mas foi ao vê-la estendendo uma toalha na praia, ao lado de um novo rapaz, que me avarandou o pensamento. Conto mais adiante.

Este é um livro do cronista, do *flâneur* e do *voyeur*. De um cara que se devota às fêmeas em ruas e alamedas, sempre em busca de algum detalhe de observação, afinal de contas, mulher é metonímia, parte pelo todo – não carecemos amá-las por inteiro, muitas vezes basta uma covinha solitária do lado esquerdo, um nariz grande (como amo!), uma omoplata, belas saboneteiras ou até mesmo uma hipótese de barriguinha, como receitou Vinicius de Moraes. Nesse exercício, segui as mulheres de longe, como o mais discreto dos admiradores anônimos. Em outras ocasiões, preferi o diálogo, jamais a entrevista, com minhas personagens.

Meus amores, meus tesões do imaginário popular, encantos radicais, capas de revistas, mulheres que nos movem. Pela vã impressão de intimidade de tanto vê-las na mídia ou pela profundidade que deveras possuem. Em alguns casos, por ambas as razões. A devoção e o seu duplo.

Entre o pop e, digamos assim, o papo cabeça, só lindeza. E haja teoria deste pobre cronista para explicar o amor verdadeiro que sinto por essas mulheres todas, independentemente da famosidade. Haja. Um próximo livro, aliás, cujas primeiras linhas também já enxergo aqui no meu caderninho surrado, será somente sobre anônimas, as passantes, inspirado no poeta francês Charles Baudelaire.

Falei do camarada Moravia como guia da história. Não há como negar que exista também um filtro Balzac neste livro. O Balzac dos retratos, pintor dos femininos do Universo. Graças a ele posso definir agora que a mulher de cinquenta é a nova mulher de trinta, aquela que deu origem ao termo balzaquiana. Esplêndidas neobalzaquianas florescentes, como nos salões de Paris, se espalham pelo livro, para minha alegria e safadeza.

Haja mulher e literatura, minhas duas grandes paixões, além do futebol, é claro. Seria desleal se negasse o dedo de prosa de João de Minas (1896-1984), autor de A mulher carioca aos 22 anos e Fêmeas e santas. Pedi a bênção, saravá, também ao poeta Vinicius de Moraes. Como tratar do feminino, dos femininos do Brasil, sem nosso mulherólogo-mor aqui na jogada? Domingos de Oliveira, o diretor do filme Todas as mulheres do mundo (1966), sim, me deu regulamento e delírio. Dei a sorte até de ter uma conversa com o moço sobre o assunto, em tumultuada noite carioca.

Moravia, Balzac, João de Minas, Vinicius, Domingos, antes de serem justíssimas desculpas intelectuais para minha fraqueza diante das moças, eles exercem o papel de guias sentimentais e estimulantes para minha derramada crônica.

Outro finíssimo guia estético deste livro foi o multiartista Fausto Fawcett. Com o autor de "Kátia Flávia", louraça belzebu, godiva do Irajá para além do choque europeizante, dialoguei, durante excursões do nosso projeto "Trovadores do Miocárdio", entre outros assuntos, sobre os instintos básicos que nos desperta a Deborah Secco.

Conto também como fui seduzido pela dona da voz dos aeroportos e me derramo de amores pela musa do papa Francisco. Deus, livrai-me das tentações, mas não hoje, diria Santo Agostinho.

O feminino, a fêmea e todos os seus femininos possíveis e brasileiros, femininos brasileiríssimos como Sônia Braga – a preferida do sociólogo Gilberto Freyre como musa da tropicologia – e Camila Pitanga, que hoje encarna, ao modesto olhar deste cronista de costumes, a mesma brasilidade suprema.

Aqui também relato meu estranhamento inicial com Gisele Bündchen nos camarins do Morumbi Fashion e o meu passeio carioca no encalço da Vera Fischer. As duas musas representam o que o mesmo Freyre, em Modos de homem e modas de mulher, descreveu como o impacto norte-europeizante ou ianque na mulher brasileira. Viva o belo assombro.

Por uma política pubiana sustentável, senhoras e senhores, aqui já estamos tratando da Claudia Ohana e da Nanda Costa, dois momentos geniais de *Playboy*, a revista que construiu, de certo modo, parte da nossa mitologia do desejo.

Reverencio também Lea T, a nova mulher que ocupa no imaginário masculino o lugar que um dia já foi da Roberta Close. O belo e cirúrgico drible nos gêneros.

Mulheres, mulheres, meu caro Martinho da Vila, mulheres cabeça e desequilibradas, mulheres de todas as cores.

Fernanda Lima, musa da Copa do Mundo, que me comandou, sob o relho do sadomasoquismo (risos), no programa *Amor & sexo*, e sobre quem escrevo e a quem me devoto há uma data. É amor de muito, diria o amigo Chico Science na sua bela música.

Você, curioso leitor, haverá de indagar qual foi o critério usado por este cronista na escolha das garotas. Foi o critério da comoção, do alumbramento – aquele impacto fundamental no primeiro olhar – e do tesão que deveras sinto. E, sobretudo, o critério da desordem. É que a gente nunca sabe, em momentos deliciosamente cruéis como o desta seleção, o lugar certo de colocar o desejo, como aprendi na música de Caetano Veloso que faz parte da trilha do filme *A dama do lotação*.

Este livro é baseado em desejos reais. Um livro não de cabeceira, mas da cabeça viajante de um homem que deseja, que ama no modo hiperbólico que se deve amar as fêmeas. Famosas ou que estão a caminho da merecida fama. De ontem ou de hoje. O tempo suspenso, velho Alberto Moravia. Eu quero essa mulher assim mesmo. Aos teus pés, mulheres, como sempre.

Copacabana, Rio de Janeiro, verão do ano da graça de 2014

As mulheres extraordinárias

Luiza Brunet

Venho por meio desta...

Querida Luiza, venho por meio desta pedir tua mão em casamento.

Que me desculpes por ser tão direto. É que sempre tenho a sensação de estar chegando atrasado nesses nobres momentos históricos, pois, só agora, uns três dias depois, soube que estavas solteira e à procura de um novo amor, conforme li na *Contigo*.

Claro que não dei ouvidos à história de que estavas saindo com um magnata paulista. Prefiro não saber e seguir firmemente na minha proposta.

Luiza, eu não sou assim um barão do café, da soja, da usina, da Bolsa, muito menos um jovem milionário das novas tecnologias. Mas derramaria com gosto o meu suor, Luiza, para te dar casa, comida, roupa lavada, flores fora de hora e uns presentinhos honestos nas datas celebrativas.

Revelaste o desejo por alguém que a leve ao cinema, que comente sobre o filme, que faça passeios de mãos dadas. Te levarei a sessões vespertinas, Luiza, e de lá sairemos, ainda com o Sol por testemunha, para discutir a longevidade criativa do Woody Allen.

Seguiremos sempre de mãos dadas, meu colosso, tu na parte de dentro da calçada, o lado em que um homem de boa vontade deve conduzir a namorada, para protegê-la da ruindade do mundo e dos motoristas mal-educados.

Casa, comida, roupa lavada e alguns bilhetes de ponte aérea. Sei que tens tua vida de mulher moderna e independente desde cedo, mas não custa fazer este pobre noivo platônico feliz. Diz que "sim". Nem que seja de faz de conta.

Trabalharei duro para isso, escreverei bula de remédio, *press release* de subcelebridade e biografias de madames da alta sociedade.

Sei que não te lembras de mim, evidentemente, afinal de contas tomamos apenas um café em Paraty, durante a Flip, quando me vi metido em alumbramento de noviço.

Que cases comigo, Luiza, e terás massagens nos pés e no ego. Serei teu banco 24 horas de dengos e cafunés.

Tentarei adivinhar teus desejos e correr para realizá-los, porque é esse o papel de um homem ao lado de uma mulher. Adivinhá-la toda.

Te darei empadas de camarão bem quentinhas! Te farei um picadinho à brasileira incrível. Com direito a ovo *poché*, que é um dos maiores desafios de um homem que se mete a cozinhar sem sabê-lo, só para mimar a sua amada.

Por ti, Luiza, canto e cumpro todos aqueles sambas de regeneração. Aquelas letras nas quais adoráveis vagabundos prometem mudar de vida.

Que não penses muito, afinal de contas não sou lá um grande partido. Mas que aceites, pois tentarei cumprir, qual um Hércules, os doze trabalhos do amor e da sorte.

Sim, evitarei, a todo custo, a cara de marido, a pijamização dos acomodados, e não permitirei que os cupins da rotina destruam nossas portas e janelas. Quero que tu sejas minha mulher, quero ser teu homem.

Que não penses tanto, que assustada tu digas sim. E pronto. Meu amor por ti vem de tão antes que pareço uma ideia de chuva que chega antes da cachoeira. Te amo, saibas, não desde as primeiras revistas, dos primeiros anúncios publicitários nos quais aparecias de calça branca. Que tesão nada nostálgico – o tesão é sempre rebobinado no presente. Te amo, Luiza.

Camila Pitanga

Diálogos das grandezas do Brasil

I – NÃO HÁ FILTRO QUE PROTEJA CONTRA UMA MULHER VESTIDA DE SOL

Você acorda com aquela ressaca de fim de ano, estranho na praia de Carneiros qual um personagem de filme de Jim Jarmusch no paraíso... Você vai dar aquele solitário rolê para profundas reflexões e, como em uma miragem, você se depara com a mulher mais bonita e gostosa dos trópicos – para ficar por enquanto no mundo de Eros e ainda não adentrar o capítulo das outras tantas qualidades que dariam mil poemas ou sambas de exaltação.

Só você e Camila Pitanga, amigo, naquela imensidão azul-esverdeada. Primeiro, você finge que não alterou nem um milímetro o seu espírito, afinal de contas um monge tibetano do Crato como este cronista manja dessa arte milenar. Segundo: você começa a riscar a areia, bem solene, como naquela velha imagem do santo padre José de Anchieta do livro da escola primária. Nem aí para Camila Pitanga.

Você até tira, naquele interminável solilóquio arenoso, a mesma onda da lenda dos pescadores de Búzios sobre a Brigitte Bardot – espécie de Camila Pitanga da França nos anos 1960. No primeiro dia de Bardot no balneário, aquela farra, aquela festa, um burburinho... Lá pelo terceiro dia, coitada de BB, ninguém dava mais bola ou a admirava.

Bem que tentei, amigo, não deu. Ah, no fundo sou um sentimental, ah, caro Antônio Maria, sou um "cardisplicente", ainda morro disso e não demora... "Ai, meu coração que não entende o compasso do meu pensamento..."

Não há guarda-chuva contra o amor.

Camila Pitanga é uma mulher à prova de prevenções passionais, calmarias zen-budistas e outros tantos cuidados e avisos prévios que um homem possa providenciar, conscientemente, para si mesmo. Mesmo se ele for um estranho no paraíso em uma manhã de suprema ressaca. Mesmo se for um personagem de filme do diretor Jarmusch. Mesmo que ele saiba ou não de quem se trata, conheça ou não o Brasil, mesmo que nunca tenha visto um só filme ou novela, mesmo que nunca tenha mirado uma só foto da moça sob o sol das bancas de revistas do Jardim Botânico.

Não é questão de fama ou exposição. O alumbramento inclusive vem por outras razões. O bom desse dia na praia é que, aos primeiros raios da paixão fulminante, como diria um bilaquiano poeta comovido, também não a reconhecia. Fatal alumbramento. Para completar, estava com um maiô azul-marinho.

Só me restou, depois de envergonhadamente cumprimentar aquela mulher vestida de sol, meu caro Ariano Suassuna, sair cantando Doces Bárbaros, imitando as guitarras e tudo: "Nossos planos são muitos bons...". Afinal de contas, era o último dia do ano da graça de 2013.

II – CAMILA PITANGA, O CONSELHO DE SÁBIOS E O CÁUCASO QUE VIROU SERTÃO

E agora? Respiro fundo e vos digo: chegou o momento mais difícil, paradoxalmente o mais prazeroso, desta narrativa sobre as mulheres extraordinárias. O momento Camila Pitanga. Só convocando os prezados Darcy Ribeiro e Gilberto Freyre, além de uma junta multidisciplinar e estética, em regime de assembleia bacante e permanente, com o Oscar Niemeyer no comando dos trabalhos, para tentar decifrar essa mulher. Talvez só escrevendo um segundo volume do livro *Diálogos das grandezas do Brasil*, ainda do século XVII, que ousava dar conta da beleza e da fartura de Pindorama.

"A sagração da mestiçagem", talvez arriscasse Freyre, sociólogo que se aventurava ao alambique caseiro com uma bebida da qual se orgulhava e da qual nunca revelou a fórmula a ninguém, justamente um conhaque de pitanga, mera coincidência aqui nesta crônica.

"A morenidade da utopia socialista brasileira", diria o professor Darcy.

Naquela calma toda, Niemeyer: "Ah, como é mágico ver surgir na folha branca de papel um palácio, um museu, uma bela figura de mulher!".

Pura viagem acerca de Camila Pitanga. Só com uma boa cota de delírio é possível assentar a crônica sobre essa atriz.

Na nossa assembleia imaginária, um homem comum, um cidadão catado de improviso na rua, um desses anônimos observadores da humanidade, o cara que lê jornal e toma o seu cafezinho na rua do Ouvidor, também seria instado a opinar.

"Entre a Bebel e a Paraguaçu, sou mais a Camila Pitanga", graceja e volta para o botequim. O cidadão juntou uma personagem da novela *Paraíso tropical* (2007), a popularíssima garota de programa Bebel – ai de mim, Copacabana! –, com a índia de *Caramuru, a invenção do Brasil* (a minissérie que virou filme em 2001), com direção de Guel Arraes.

Essa assembleia, itinerante, poderia rodar o país todo e ouviria alguma coisa bonita sobre a moça. Meu primo Quincas soube no rádio que Camila estaria certa noite em Lavras da Mangabeira, em 2013, com uma peça teatral. Correu o sertão do Cariri inteiro, saindo de Assaré a Lavras, só para ver a moça.

"Meus olhos agora podem contar pabulagem que viram boniteza neste mundo", contou o primo. "A terra há de comer, mas o dono ainda estará feliz." A confissão é real. Segundo o primo, Camila Pitanga só perde, em boniteza neste mundo, para uma coisa: a primeira chuva caindo depois de anos de estiagem.

A peça que fez a atriz correr o interior do Ceará foi *O duelo*, de Tchékhov, idealizada pelo ator cearense Aury Porto, em uma montagem da Mundana Companhia, sediada em São Paulo. Camila é essa mulher que poderia se entregar ao conforto óbvio das grandes produções da tevê e do cinema e ficar tão somente gravitando na ponte aérea Rio-São Paulo. Não. Não é do feitio de oração da moça. Ela sempre ralou os joelhos em jornadas de linguagens mais radicais, caso desse Cáucaso russo que vira sertão no Brasil.

É mulher, digamos assim, que quebra protocolos profissionais, políticos e existenciais. Como no dia em que apresentou a cerimônia de entrega do título de doutor *honoris causa* das universidades do Rio de Janeiro ao presidente Luís Inácio Lula da Silva, em agosto de 2012. Antes de iniciar o evento, levou o seu "Veta, Dilma", publicamente, à presidente da República. Era o apelo dos militantes ecológicos e de parte da opinião pública naquele momento em que seria votado o novo Código Florestal. Dois meses depois, Dilma vetaria nove pontos polêmicos do projeto.

Nas discussões sobre os problemas da cidade do Rio de Janeiro, Camila também sempre está presente. É filha de Antônio Pitanga, um dos maiores atores brasileiros e ex-vereador na Câmara carioca, e enteada da governadora Benedita da Silva. Ambiente político e de mobilizações nunca faltou dentro de casa e arredores.

O Pitanga da moça está longe das mulheres do farto hortifrúti televisivo. A frutinha virou sobrenome por causa paterna, óbvio. Antônio, porém, também não tinha nada de pitangueira na sua árvore genealógica. É herança de um personagem que fez no filme *Bahia de todos os santos*, de Trigueirinho Neto, nos anos 1960.

A pitanga, aliás, além de servir ao místico conhaque de Gilberto Freyre – tive a sorte de prová-lo –, consta ser ótima para hipertensão. Não é apenas uma meizinha, um remédio caseiro, há pesquisas científicas.

Para este cardisplicente, repito, La Pitanga, pela natureza do alumbramento, é e sempre será um belo risco de vida.

Alice Braga
Ela é a lenda

Ela é singela, sim. Ela diz que não é celebridade, embora seja a brasileira mais conhecida em Hollywood. E não é lenda. Nada como um filme atrás do outro (no território dos sonhos dos gringos) e uma humildadezinha no meio.

Ela diz com graça que as pessoas geralmente não a reconhecem pelas ruas. Procede. Outro dia, em São Paulo, eu estava com uma amiga, daquelas taradas por homens ou por mulheres, no que M., a colega de mesa de bar e de velhas viagens ao fim da noite, me pega firme pelo braço e soletra: "Gos-to-sa! *Mira*, Francisco, a mulher mais gos-to-sa, a gos-to-sa menos óbvia que já vi na vi-da. Filha da puta".

Não se aguentava a amiga. Soltou o palavrão da forma mais desbragadamente desabrida e verdadeira. França, o garçom da Mercearia São Pedro, Vila Madalena, riu bonito.

A real da guerra: a gostosa menos óbvia e mais gostosa do país.

No que chega o escritor Marçal Aquino, na mesma taverna: "Te falei, bicho", admoestou antes de mais um Jack Daniel's. A neg'Alice acabara de ser capa da *Vanity Fair*, coladinha nas estrelas gringas Jessica Biel e Anne Hathaway. Filmara também com David Mamet, se o juízo não me engana. Não que eu também não tivesse lumioso de desejo sob aquela fluorescente da Merça, nosso bar, nossa academia de letras bêbadas e mariposas tantas.

"Alice, bicho", Marçal discorria lindamente...

Minha amiga pansexual, a essa altura, já fazia *pole dance* na pilastra.

"Alice, bicho..., é um perigo."

Ainda falei para M. do tesão que é o filme *Cidade Baixa* (2005), de Sérgio Machado, com a atriz entre Lázaro Ramos e Wagner Moura. Minha amiga perdida de amor capotou e até hoje se declara uma aliciada pelo jeitinho da moça mais desconhecida entre as celebridades mais fatais do planeta.

Gal Costa
Diante dela todo rapaz quer ser o tal

Nordestino branquelo da luz fluorescente das padarias e botequins de São Paulo, sem muita "cultura", macho-jurubeba cheio de defeitos de fábrica, trago no peito a fé inabalável – nos altares e nos terreiros – por Maria da Graça Costa Penna Burgos, salve, salve.

Como queria ser o rapaz, o tal da música, sem sobrenome, cheio de amor para te dar, crente no teu mantra: é o amor que faz o homem.

Não sei se ainda buscas alguém para ti, mas Deus está nas coincidências. Assim como você, também gosto de baile, cinema, Caetano, Gil, Roberto, Erasmo, Macalé, Paulinho da Viola, Lanny, Rogério Sganzerla, Jorge Ben, Rogério Duprat, Waly, Dircinho, Nando e o pessoal da pesada – como diz "Meu nome é Gal", a canção.

Nossos planos são muito bons, como na música dos Doces Bárbaros. Nossos planos são tão bons – e recicláveis – que nem precisam ser pontualmente realizados. Nossos planos de amor são apenas meus, mas sigo devoto, ajoelhado no milho platônico da perseverança... E segue o baile no coração dos homens de boa vontade.

Tudo começou no *Tropicalia ou Panis et circencis*, o disco, baby, I love you...

Tudo começou também – quem saberá quando uma devoção começa? – na calçada do Cine Eldorado, em Juazeiro do Norte, aos onze anos incompletos, quando me apaixonei por Gal Costa para o resto dos meus dias. Entre espalhados vinis dos Beatles, de Os Incríveis e de Luiz Gonzaga, ela estampava a capa que apressou a minha maturidade e fez descer um riacho de testosterona sobre minhas vidas secas. A capa que virou o tesouro da juventude para muitos garotos do interior e das capitais, a capa do LP *Índia*, no ano da graça de 1973.

Gal de tanguinha vermelha no tabuleiro do vendedor que se gabava de ter o disco com exclusividade em todo o Cariri cearense. Ninguém mais. A tanga que deixava transparecer o desenho mais bonito do universo, o corte vertical onde começa o mundo...

Vejo Gal, vejo aquela capa da educação sentimental. Não sai do meu pensamento. Taro a baiana desde aquela inocente calçada de cinema. Uma índia descerá sempre para renovar a experiência no juízo.

Da pele morena, da boca pequena, eu quero beijar...

Gal, a mais gostosa das brasileiras da música. Pelo conjunto da obra.

Foi na calçada do Cine Eldorado, Juazeiro do Norte, que virei homem ao mirar aquela capa. Depois vi um faroeste, um bangue--bangue, mas não conseguia prestar atenção nem no mocinho, nem no bandido: *O dólar furado*, com Giuliano Gemma. A encarnada tanguinha grudava no desejo do rapaz do interior carente de sugestões muito além da macheza que chegava pelos faroestes.

Gal, que me ensinou a ser amor da cabeça aos pés.

Afe, só dando um rolê para desaparecer dessa fervura de dendê que ela me devolve à alma em carne viva.

Gisele Bündchen

Na cadência bonita de quem equilibra uma lata d'água na cabeça

Gisele ainda engatinhava em Horizontina (RS), nos anos 1980, quando o sociólogo Gilberto Freyre alertava, em Santo Antônio de Apipucos, Recife, sobre tendências de costumes, modas, tipos e novas concepções de feminilidade no Brasil.

Profético, Freyre descreveu o norte-europeizante ou albinizante de beleza que começava a se destacar na tevê, nas revistas e passarelas. A mulher alta, alva, loira, cabelos lisos e corpo menos arredondado. Havia também um reflexo desse impacto nas ruas: a morenidade cedia à loirice artificial.

Era a nova concepção "ianque", em contraponto à beleza brasileiríssima da mulher mais baixa, morena, cabelos negros, longos, crespos, cintura fina, peitos pequenos e a bunda grande.

Naquele momento, o autor de *Modos de homem & modas de mulher* citava apenas Vera Fischer como musa-mor dessa "nova mulher" que, de certa forma, resgatava a queda que o Brasil aristocrático tinha pelas bonecas francesas.

Mal sabia o bruxo de Apipucos que a menina que engatinhava em Horizontina se revelaria a referência e o modelo máximo de beleza brasileira na moda internacional. O impacto eurotropical do Sul do país gerou Giseles em série no mercado fashion, embora nenhuma outra, jamais, tenha alcançado a mesma importância.

Na dialética do botequim, porém, o dilema proposto por Freyre continua rondando a cabeça do macho brasileiro. Há sempre algum canalha "nacionalista" em defesa de um tipo mais brejeiro, miscigenado, *mignon*. O assunto sempre dividiu as mesas. Com um detalhe: a avassaladora preferência feminina pelo "tipo Gisele".

Em vez do alumbramento óbvio diante da beleza da top model que encantava o mundo, minha visão inaugural, quando estive frente a frente com Gisele, foi a da maioria dos homens do Brasil: fiquei achando que faltava alguma coisa. Trocaria fácil, fácil um tanto da elegância e competência na passarela por alguns quilinhos a mais. Muito gazela para o meu gosto.

Com toda a canalhice que é a façanha de dar uma nota para uma mulher que passa, como na brincadeira adolescente e porco chauvinista, eu atribuí 5,5 para a moça. Que ousadia. Um traste feio como este cronista se atrevia a gigantesca e soberba impropriedade.

Que eu tenha direito ao sagrado perdão, Gisele, deixo aqui o meu mea-culpa. Aquela foi minha nota geral para as modelos da época, que definhavam de tão magras. Uma nota crítica e metonímica: confundi a parte pelo todo, portanto dei um 5,5 para a anorexia reinante no mundo àquela altura. Não era o seu caso, é óbvio.

Eu havia sido convidado pela *Folha de S.Paulo*, em 1997, para acompanhar Gisele nos desfiles do Morumbi Fashion e escrever uma crônica. Assim aconteceu nosso encontro. Eu era então um homem sério, um engravatado repórter investigativo de política.

Um deslocado na moda, um homem de outro mundo, daí minha matutice estética.

Não poderia deixar de exaltar um rosto incrível, óbvio, uma comissão de frente, uns peitos que representavam um Brasil farto à Morumbi. A magreza de todo o corpo, porém, era equivalente aos grotões do país pré-Bolsa Família. Comparações de um tosco macho-jurubeba de então.

Depois, óbvio, fui entendendo que a Gisele ficou ligeiramente gostosa. Que era bela com aquele corpo mesmo, que tinha, sim, uma bunda que eu teimara em não perceber, confundindo a parte pelo todo dos desfiles – um esqueletismo que não batia com a minha fome ancestral.

O certo, caro Freyre, é que, mundo afora, Gisele reina como nossa Pelé loirissimamente bela. Não te preocupes, a beldade, paradoxalmente, leva o Brasil miscigenado à passarela, te garanto. Ela anda bonito demais, como na poesia de quem equilibra uma lata d'água na cabeça. Hoje daria nota 9,9 para Gisele. Quando ela ganhar alguns quilinhos, quem sabe, eu viro Carlos Imperial e grito: "Dez, nota dez!".

Gaby Amarantos

Como o petróleo, Gaby é nossa

Ela veio para brincar no circo do mundo, ela contou buracos na lona pensando em estrelas, seu nome é diversão pura, o resto é intriga.

Gaby Amarantos é como aquelas negonas do blues ou do jazz, vem da paróquia, acredita. Santa Teresinha do Menino Jesus era o nome da igreja dela, bairro de Jurunas, Belém, amém, logo mais o tecnobrega, a excelência radical do pop brasuca, ajoelhe e reze, seu canalha.

Gaby é tecnoshow, Gaby é Davi, o seu abençoado menino, Gaby é aquela pra sempre, no singelo coração da selva, mesmo na sístole e na diástole de quem não vale R$ 1,99, não vale um radinho velho na feira do troca-troca.

Gaby é mais que Beyoncé porque, como dizia Monteiro Lobato sobre o petróleo, Gaby é nossa. Infinitamente mais gostosa, senti de perto em uma madruga no camarim do Studio SP, ali na Augusta.

E os zolhões na castanha certa, quem resiste, eu mesmo não, prefiro cair nesse tucupi feito um patinho de João Gilberto, perdido nessa fitzcarráldica aventura de viver gostosamente até o fim.

Deborah Secco

Pedaço de mau caminho

Gostosa!!! Não há como começar de outro jeito. À simples menção do seu nome a gente busca o melhor ar dos pulmões e solta o verbo. Não um "gostosa" qualquer, não um "gostosa" com vozinha de quem não comeu hoje, jamais um "gostosa" entediado ou melancólico, mas um "gostosa" retumbante, com sangue nos olhos e cheio de exclamações como manchete de jornais antigos.

Fiz o teste, em variados ambientes, no Rio, em São Paulo, no Recife, em Salvador, em Fortaleza, Belo Horizonte e Porto Alegre. Sério. É só falar "Deborah Secco" e lá vem o coro mais espontâneo do universo: gostosa!!!

Com Deborah Secco, a testosterona levanta poeira. Como ela sabe mexer com os homens. Sem carecer fazer nada. Com a simples atividade de estar no mundo e respirar na nossa frente. Atuando na tevê, no teatro e no cinema ou dando um passeio relax no Rio de Janeiro.

Ninguém mexe melhor com os homens do que ela. Com Deborah Secco (gostosa!!!) não tem rodeios ou metáforas. Com Deborah é diretas já, sempre. Ela fala aos nossos mais básicos instintos, como me dizia outro dia, em uma sessão dos Trovadores do Miocárdio – nosso grupo poético –, o Fausto Fawcett, bardo autor de *Favelost*, o cronista das Kátias Flávias e das loiraças belzebus.

Para ela, basta respirar para sacudir todas as flores de obsessão dos nossos desejos mais recônditos.

Decifra-me ou te devoro.

É uma atriz espetacular de televisão, que se diga. A sua Darlene Sampaio de Gilberto Braga em *Celebridade* (2003-04) criou e fundamentou, na sua loucura pela fama, o que seria chamado anos depois de piriguete, um tipo que hoje se multiplica feito Gremlins na tevê e ainda mais nas novelas.

Em *Bruna Surfistinha* (2011), o filme, dirigido por Marcus Baldini, Deborah fez a cortesã pop da era da internet. Aqueles pezinhos para cima, desde o cartaz, matam qualquer podólatra, meu caro Glauco Mattoso.

Deborah é um pedaço de mau caminho. Não há como não perder o juízo, seja você um adolescente tarado pela Surfistinha, seja um cronista outonal como este que vos escreve. Deborah é um tesão sem idade.

Gostosa!!!

Juro, esse é o último "gostosa!!!" que gasto na minha vida.

Adriana Esteves

Além, muito além de Carminha e da moral brasileira

Desejo nunca me faltou pela Adriana Esteves, mas por Carminha, meu São Marquês de Sade, era uma loucura. Deitava na cama e esperava a novela. Vem, safada, vem, maldita, vem, endemoniada, vem, cadela, vem.

Não havia como não entrar no jogo das mil e uma perversões da vilã. Em vez da repulsa óbvia pela malvada personagem, o tesão – às vezes difuso, às vezes explícito.

Vai demorar para que plebeus e nobres esqueçam a Carminha, adorável vilã da novela *Avenida Brasil* (2012).

Não esqueci sequer a Tininha, tesão de *Top model* (1989-90). Aliás, não dá para esquecer nada do que essa mulher participe, nem bingo de quermesse, fala sério.

E do episódio "A vingativa do Méier", da série *As cariocas* (2010), alguém se lembra? Recordo até da pequena participação que ela fez, como modelo, na bagaceira ética de *Vale tudo* (1988-89), o drama que definia o Brasil da transição gradual da ditadura para uma possível democracia em câmera lenta.

De lá para cá, ela é minha flor de obsessão televisiva, como diria o tio Nelson Rodrigues, Carminha *forever*.

É possível ler o Brasil contemporâneo com quatro, cinco papéis de novelas, e o drama de João Emanuel Carneiro talvez seja a maior obra televisiva de todos os tempos.

Mas chega de viagem teórica. Eu quero é Carminha de novo.

Rara atriz à prova de controle remoto, apareceu na tela, eu grudo, mesmo quando não acompanho a trama. Para que trama, drama, narrativa... se lá estão os olhos de Adriana a nos contar minúcias sobre as maiores coisas da vida?

Os seus olhos escrevem com os detalhes de um Balzac, lá do século XIX, quando a novela era só no folhetim ou no livro.

Tim-tim por tim-tim, Adriana faz e leva a cena inteira dentro das retinas, como se fosse a própria tevê dentro de casa. O meio é a mensagem.

Vem, Adriana, digo, vem, Carminha, perversa, desgraça da existência, cão do sétimo livro, febre do rato, miséria humana, desventura, desassossego do Tejo e da baía de Guanabara, vem deixar marcado em meu pobre esqueleto a marca diabólica da maldade, vem.

Ilze Scamparini
A mulher do papa Francisco

Quando ela surge com aquela voz plácida, mesmo ao tratar das mazelas da Igreja Apostólica Romana, eu corro para a frente da tevê, no susto, e largo tudo, paraliso, como se diante de um novo milagre de Fátima.

Bendita renúncia de Bento XVI, que a fez mais presente no meu lar, doce lar. Por sorte ainda tivemos as eleições italianas à época. Que venham boletins de cinco em cinco minutos até a fumaça do *habemus papam* subir aos céus.

Por falar em fumacê, tenho um amigo do Recife, iconoclasta até a última ponta, que tem uma viagem televisiva particularíssima: acende unzinho e espera a correspondente do Vaticano. Jura que levita como aquela mocinha do filme *O exorcista*. "Nunca houve uma experiência sensorial tão incrível", diz. E olhe que o rapaz é um místico novidadeiro que experimenta de tudo o que há na praça e nas prateleiras do orientalismo moderno.

Quando ela surge com aquela voz capaz de ninar o mais inquieto dos marmanjos, meu déficit de atenção fica zerado. Sinfonia para vagabundos, diria o escritor Raimundo Carrero.

E que elegância essa menina italiana de Araras (SP). Qualquer cachecol implora para enlaçar lindamente o seu pescoço, os melhores casacos e botas de Milão a perseguem, pedindo uma chance.

Vivo fosse, Alberto Moravia, o escritor romano amante radical das mulheres, faria vários volumes sobre Ilze Scamparini, a vizinha, a quase romana. O tipo de musa que gera obra-prima.

Nunca fui tão religioso. Nunca fui tão papa-hóstia. Mas, desculpa aí, caro Darwin: com ela na área eu cumpro todos os sacramentos, com ou sem Deus.

Perdão, papa Francisco.

Oremos, meu bom e sábio Santo Agostinho.

Deus, livrai-me das tentações, mas não hoje, não com a Ilze.

Michelli Provensi

As aventuras da menina de Maravilha

Em Maravilha ela nasceu e entre bravos do oeste de Santa Catarina se criou.

Na escola, entre provocações e alcunhas, era chamada poeticamente de "vara de cutucar estrelas" ou "Michelli nadadora: nada de peito, nada de bunda".

Mal sabiam que a maravilhense iria rodar o mundo, como uma modelo internacional de sucesso. Tudo bem, seu Luiz, Gisele Bündchen e Pelé só tem um de cada, como dizias aos teus conterrâneos intrometidos que indagavam se a garota estava milionária.

Como bem sabes, seu Luiz, tua filha deixou o nome na galeria pós-*boom* Gisele. Está lá, bem na foto. Que orgulho. Michi de Paris, Michi de Tóquio, Michi de Londres, Michi de Nova York, Michi em Milão...

Em São Paulo ou Cingapura, via divã de Sigmund Freud, a rodar o mundo. Sina. A mocinha de Maravilha deitou em um legítimo divã usado pelo pai da psicanálise na Inglaterra. Era apenas para uma foto que sairia na revista do *New York Times*.

Aquela deitadinha, porém, coincidia com um momento de reviravolta na carreira. Estava cansada de tudo, ela resume o babado. O que mais incomodava Michi, porém, era ser tachada de burra. Só um autêntico e histórico divã como aquele para entender a baita ressaca metafísica da moça.

Ao conhecer, minimamente, a menina de Maravilha, mesmo não tendo toda essa milhagem freudiana, como é o caso deste cronista, você entende a angústia que ela tinha diante do estereótipo de modelo naquele fuso londrino. Michi desmente todos os clichês em torno das mulheres-cabides.

Michi não é apenas a modelo mais inteligente do Brasil. Michi é uma das mulheres mais inteligentes – e bota safa e sagaz nisso! – do país. Em meia hora, em uma roda de conversa, ela quebra tudo: convenções, babaquices e paradigmas. Com um humor que junta o estilo Monty Python ao mais simples e engraçado causo da roça do oeste catarinense.

Quer mais? No seu livro *Preciso rodar o mundo – Aventuras surreais de uma modelo real*, ela brinca com citações de Roland Barthes e com versos de Rimbaud como quem troca de roupa pela enésima vez em um desfile.

E como tira onda de si mesma! Onde vemos beleza, ela vê ironia e estranheza.

Em uma mesa-redonda de futebol, não se meta, seu marmanjo metido a Pep Guardiola. Ela bate o PVC, o Casagrande ou qualquer outro comentarista. Não é apenas uma teórica ou torcedora de sofá ou de ocasião. Reina na arquibancada do Pacaembu e nos bastidores da vida corintiana.

Sócio-fundador do Penãrol de Flor do Sertão – cidade catarinense onde ela morou um tempo com a família –, seu Luiz se orgulha. Lá no céu, Pierina, a mãe igualmente orgulhosa, brinca com Deus de fazer flores, estrelas e moças bonitas.

Lucélia Santos

No busão com a escrava Isaura

Peguei o 345 com a escrava Isaura, ali nas cercanias de Itanhangá, cruzei o Alto da Boa Vista, chegamos lindamente na Tijuca...

Havia visto a Lucélia Santos algumas vezes nos ônibus do Rio de Janeiro, só não sabia que isso era notícia, como seria depois. Sou do tempo em que notícia é quando um homem morde um cachorro, não o contrário.

Lucélia Santos flagrada no ônibus lotado. Manchete berrada aos quatro ventos. Febre viral e imediata na internet. O espanto diante do nada. Como se fosse crime uma pessoa de classe média pegar um coletivo.

Sumida da tevê, Lucélia Santos anda de busão. Alarde generalizado sobre a suposta decadência, inclusive financeira, da atriz.

Lucélia não deixou barato, afinal de contas não é apenas pelos vinte centavos, para lembrar um mote dos protestos de junho de 2013. "O Brasil é o único país que conheço onde andar de ônibus é politicamente incorreto! Vai entender...", respondeu ela à mídia e àqueles que a criticavam nas redes sociais. "O Brasil deveria ler mais, se instruir mais, desejar mais e sair da burrice de consumo idiota e descartável que lhe dá carros."

Boa, Lucélia, contigo iremos até a pé.

Mais respeito com a atriz que faz parte da educação sentimental e sexual do país inteiro. Da escrava Isaura (1976-77) à libertária Luz del Fuego do filme homônimo e popularíssimo de David Neves (1982). "Povo do meu Brasil, todo mundo nu", era o lema dessa vedete da política naturista.

Vivo fosse, o cronista Nelson Rodrigues daria uma sova de palavras nos detratores da sua namorada platônica. Nelson era obcecado por ela. A ponto de pedir a Gilberto Braga, que adaptou *Escrava Isaura* da literatura para a tevê, que mudasse um pouco o destino da moça na trama. A mesma Lucélia, que protagonizaria um tempinho depois a cena mais forte da obra rodriguiana no cinema: a curra nua e crua em *Bonitinha mas ordinária ou Otto Lara Resende* (1981), filme dirigido por Braz Chediak.

Nelson Rodrigues, nosso William Shakespeare, não economizou dengos para a atriz: "Se *Madame Bovary c'est moi* [sou eu] para Flaubert, Lucélia é mais que Bonitinha ou Engraçadinha para mim, Lucélia sou eu", disse o monstro. Ou deveria ter dito.

Lucélia, por causa do drama de Isaura, é a atriz brasileira mais conhecida no mundo inteiro. Em Cuba, Fidel Castro fez questão de recebê-la com honras, bateu continência e prestou devoções de joelhos. Onde passou a novela, na América Latina, Caribe ou China, o enredo foi o mesmo: multidões e chefes de Estado em homenagens permanentes.

Na linha 345, quem a reconhece também presta sua reverência: o motorista sorri para a sua "musa *mignon*", o cobrador pede autógrafo, os passageiros tiram fotos... Fora do ônibus, no entanto, tudo é visto com a grosseria anônima dos playboys coxinhas das redes sociais. Lucélia é bem maior e pede passagem.

Para Maria,

com uma flor

Para Maria Flor, com uma idem, com todo o abuso contido na viciadíssima e vinicianíssima imagem do poetinha; para Maria com a mais trocadilhesca, sincera e obsessiva rosa; para Maria, com o que for possível entregar a essa altura da noite; vai ver não há sequer um disposto motoboy, muito menos um conterrâneo cearense de bicicleta para a gente falar sobre nosso mundo e eu convencê-lo com regionalíssimas desculpas e alguma gorjeta; vai ver é tarde demais, feriado no Rio de Janeiro, onde diabos estará Maria, meu Deus, ainda mais para receber essa já murcha flor que dizia tanto duas horas atrás e, pasme, agora, o tempo passa, rosa é relógio, e, mesmo diante da minha fidelidade, o Sol por testemunha, teima em dizer que seria melhor adiar o aplauso ao crepúsculo; insisto, vou pessoalmente ao Arpoador, quem sabe, me largo aqui do meu Posto 5, Copacabana, partiu, flor rediviva, a coragem, os passos de um homem, rosa-de-jericó, que nunca morre, só porque uma menina, com uma flor, sabe o que já é e se reinventa, na beleza dos trinta, não apenas como musa da cidade do Rio de Janeiro, como grandeza e representatividade brasileira, digo, coisa marlinda, quem sabe a encontro no Jojô Bistrô, Jardim Botânico, tomando um vinho com teses sobre "o amor acaba", aquela crônica do Paulo Mendes Campos, ou sobre *Do amor,* de Stendhal, soube que ela curte, quem sabe, quem sabe; o que não se faz por uma Maria com uma flor, quem sabe nas cachoeiras do Horto, não quero nem saber, melhor vê-la linda, distante, tão longe tão perto, como naquele filme de Wim Wenders, melhor nem saber notícias dela, sabe, essas coisas que perturbam um cronista amador que confunde o vivido com seja o que diabos for?

Marina Mantega

Superávit da beleza brasileira

Não fale mal da política econômica perto dela. Nem de PIB. Nem de pibinho. Melhor puxar outro papo com Marina Mantega, filha do ministro da Fazenda, Guido, que comanda a economia do país desde o governo do presidente Lula.

Marina não é moça de se poupar, como preveniu o jornalista Nirlando Beirão no texto do ensaio dela para a *Status*. Ainda hoje me derreto ao folhear a revista. Esqueço completamente nossos eventuais problemas com a tal da poupança interna.

Marina não é moça para se poupar, mas ser herdeira do homem que comanda os cofres federais não é fácil. Além das piadinhas, tudo que ela consegue, com os próprios dotes, é atribuído ao prestígio político paterno. A loira se queixa de tal condição.

Relaxa, Marina, na balança comercial do meu coração, você é toda superávit.

Minha inflação zero, meu Brasil Grande com recorde de investimentos, meu país da moda lá fora, no auge do lulismo. Sem essa de corte de gastos. Contigo é casa, comida, viagens internacionais...

Sem medo dos juros e da desvalorização da moeda na volta ao país das maravilhas.

Qualquer coisa fora desse cenário, Marina, não passará de um ponto fora da curva que terá interrompido a trajetória de expansão temporariamente, se é que você me entende. Nosso volume de crédito só cresce.

Sem essa de gargalo na nossa infraestrutura emocional, investimos alto no presente e no futuro. Nossos planos são muito bons, moça, como na canção dos Doces Bárbaros. Sem essa de retração na demanda do meu desejo, sem essa de câmbio flutuante, câmbio sempre no prumo, tudo certo como dois e dois são cinco.

O mais é um "papo de cozinha", como no teu programa de tevê, e nada de vilão inflacionário nos ingredientes da roça, da feira ou do hortifrúti. Nem o chuchu, nem o nabo, muito menos o tomate. Necas. Na baixa ou na alta gastronomia, de acordo com a safra, tomate maravilha, chuchu beleza, com Os Mutantes na vitrola e o cheiro do linguine com pesto nos ares – ou outra iguaria bem genovesa, como na comida afetiva de origem da sua família.

Nossos planos são muito bons, Marina, tão bons que nem careço combinar com a outra parte envolvida.

Sabrina Sato

Quando o zen significa "só no sapatinho"

"Eu tinha uma amiga mulata que sambava muito. Eu pedia pra ela me dar umas aulinhas. Acabei aprendendo."

Tudo isso foi dito, senhoras e senhores, daquela maneira aparentemente ingênua, à moda de uma timidez oriental caipira. O sociólogo Gilberto Freyre, nos seus estudos sobre mestiçagem, faria mil teses em cima da declaração carnavalesca de uma legítima brasileira descendente de japoneses.

Sabrina Sato é o Brasil que veio no navio dos vovôs imigrantes e aqui, junto e misturado, pediu passagem e certificado de originalidade.

A japa da tevê é uma das raras sobreviventes do reality show *Big Brother Brasil* nesta divina comédia da fama. Nela, a graça interiorana do Mazzaropi, com quem ela flerta aberta e sacanamente, se junta ao erotismo das vedetes.

A gostosa desavisada do mundo – burra uma ova! – é fatal para agitar a testosterona do macho latino. Assim Sabrina nos arrasta, caipiramente zen-budistas, para o seu altar de homenagens.

A japa, pasmem, senhoras e senhores, conseguiu em alguns momentos adolescentes do programa *Pânico* fazer a melhor versão brasileira do jornalismo gonzo, a arte de narrar um caso sendo personagem que interfere na própria bagunça dos acontecimentos.

A invasão do Congresso Nacional, em agosto de 2009, pela repórter é antológica. Sabrina queria entender como funcionava o Conselho de Ética do Senado, em um momento de graves denúncias – inclusive contra o presidente da casa, José Sarney. Um fuzuê medonho. Os velhinhos da política nacional assanhadíssimos babavam sobre aquele decote.

Nenhum grande jornalista sério da imprensa burguesa (risos) conseguiu explicar melhor e mais didaticamente o que se passava naquela hora do que a japonesa.

Sarney se recusou a conceder entrevista. Mas aquele seu tchauzinho de bigodes em fuga valeu por mil palavras. Risada da japa. Corta. Isto é história brasileira contemporânea.

Maria Ribeiro

Cabecismo e selvageria, tudo ao mesmo tempo agora

Esse negócio de ser inteligente, cabeçosa, não rende, se é que me entendes, se bem que – é bom que tu saibas – sempre curti esse teu lado aparente, mas no fundo sempre te mirei como muito gostosa, que boca, que olhar de safadeza, outra noite, passaste ali ao largo, no Baixo Gávea, desloquei o queixo, a boca, beijei o asfalto, somente para comungar com o chão que pisavas ao longe...

Maria, que tu finjas que és burra, inocente, pura e besta, recém--chegada de uma provinciazinha de nada. Eis minha fantasia contigo. Já que insiste em se despir da leitora de Dostoiévski...

Então fica combinado: quando puta comigo, digo, quando brava por algum erro, que me castigues com o cabecismo. No mais, teu pensamento bruto. No máximo, psicanálise selvagem.

Mas sabes o que acontece, Maria, és fatal o tempo inteiro, mesmo que não queiras, mesmo pelo avesso, mesmo pelo caminho nada óbvio, mesmo na suposta contramão da gostosona padronizada, obrigado, de nada. Assim na tevê como na vida à vera. Da minissérie *Memorial de Maria Moura* ao tesão de *Copa Hotel* (GNT).

Maria suco verde, inventando que é saudável, ou Maria uísque com coca-cola.

Maria é cabecismo e selvageria, e não se fala mais nisso. O resto é drama interno, senta no colinho que passa.

Maria atriz, apresentadora do sofazão do *Saia Justa*, Maria diretora do filme *Domingos*, sobre o mestre e diretor de cinema Domingos Oliveira. Maria, igualmente, do documentário *Esse é só o começo do fim da nossa vida*, que fez sobre Los Hermanos, a banda.

Maria dos nossos corações endomingados, de roupa limpa, seja para ir à missa, seja para cometer um crime.

Maria lá em casa, baixando um decreto: é proibido ser ou aparentar ser inteligente. São tempos selvagens, baby.

Lygia Fagundes Telles

Todas as meninas numa só

Os homens gostam das mulheres que escrevem. Mesmo que não o admitam. Uma escritora é um país estrangeiro.

E não é que madame Marguerite Yourcenar, ela mesma uma mestra no ramo, tinha razão?

Tenho obsessão por várias escritoras e poderia citar nomes por mil e uma noites: Ana Maria Gonçalves, Carola Saavedra, Tatiana Salem Levy, Andrea del Fuego, Índigo, Carol Bensimon, Clara Averbuch, Cecilia Giannetti, Cíntia Moscovich, Bruna Beber, Ana Paula Maia, Ivana Arruda Leite, Ana Miranda, Cida Pedrosa, Claudia Tajes, Letícia Simões, Alice Sant'Anna, Ana Maria Marques, Angélica Freitas, Sinhá...

Toda essa volta ao mundo em oitenta parafusos desajustados para confessar minha tara-mor por ela, minha vizinha por um tempo em São Paulo, a mulher que me fez *voyeur* em plantão 24 horas, a mulher que me fez viajar cinquenta horas em um ônibus clandestino por apenas um beijo no... Congresso da UBE, União Brasileira de Escritores, teatro da PUC, ano 1984, o ano George Orwell por excelência.

Ah, meu amor sem disciplina, teu nome é Lygia.

Nasci longe de ser um Goffredo, nasci a léguas submarinas de pegar pelo menos uma letra do nome do sábio Paulo Emílio, teus maridos, ah, meu semiárido tão do outro lado do teu mundo, tão analfabeto para o meu gosto. Nem de leis ou de cinema eu manjo, me sobraria apenas um ciúme radicalíssimo, o ciúme bruto dos não esclarecidos, o ciúme que salva a terça-feira dos mancheteiros das primeiras páginas dos sangrentos jornais populares. A terça-feira, Lygia, é um problema.

Iris Lettieri

Os sussurros que nos acalmam nos aeroportos

Nada mais reconfortante do que ouvir a voz de Iris Lettieri na hora de embarcar no Antonio Carlos Jobim, o Galeão. Aquela voz aveludada, com tons de grave nada cinza, nos leva aos céus antes mesmo de qualquer partida.

Agora só é possível ouvi-la no Internacional do Rio. Já esteve em outros, no passado, como em Foz do Iguaçu, Manaus, Congonhas etc.

Na vastidão do Galeão a voz nos pega no colo, sussurra ao miocárdio, mostra que uma fêmea, muitas vezes, sequer precisa de um corpo.

Repito velha tese: mulher é metonímia, parte pelo todo. Basta um narizinho aqui, uma omoplata acolá, e está ganha a vida. Não carece ser bonita por completo. Melhor que não seja.

Voltando a ouvir atentamente La Lettieri, incluo a voz como parte desta história. Com uma bela voz dentro do seu chatô, pouco importa que corpo tenha. Você só necessita daqueles fonemas noturnos ou matinais. Você vive de sussurros como um passarinho vive de alpiste.

A carioca dona da voz mais bonita do Brasil – Simone, de Olinda, com quem estudei, talvez seja páreo – foi a primeira mulher a apresentar um telejornal no país, na TV Globo, anos 1970. Depois foi para a TV Manchete, foi modelo, cantora, uma deusa.

Homens do mundo inteiro querem fazer amor com a voz de Iris. O Faith No More, por exemplo, incluiu, sem permissão, a gravação de sua voz na faixa "Crack Hitler", do disco *Angel Dust*, de 1992. Deu um rolo danado. Achei uma bela homenagem.

Ao partir agora para o Recife, via Galeão, fechei os olhos, me senti em um quarto escuro, fazia amor com aquela voz. Para fazer amor com uma voz não é preciso o gemido de gozo mais explícito de Jane Birkin em "Je t'aime moi non plus".

Na voz de Iris, basta um Air France, Rio-Paris... Basta um Gol, voo 1150, do Rio de Janeiro para o Recife... Nem carece que estejas indo para os braços da(o) amada(o). A viagem de negócios mais chata do mundo se torna um veraneio em Bora-Bora.

É, sim, possível fazer amor com uma voz. Viajo feliz. Como se nas asas da Panair e do desejo.

Carol Abras

Todo homem é uma ilha

A presença de Carol Abras em Fernando de Noronha, onde filmou *Sangue azul* (2013), do diretor pernambucano Lírio Ferreira, foi tão marcante que os ilhéus mudaram o seu perigoso e obscuro objeto de desejo.

Em vez da aparição da Alamoa, uma gigantesca e misteriosa loira nua capaz de levar os pescadores à perdição, que venha a atriz. Que venha e dance na praia iluminada pelos relâmpagos da tempestade que se aproxima. É assim que a Alamoa, da lenda, surge para enfeitiçar os homens.

A mitologia da galega Alamoa é antiga. Talvez dos tempos em que o cientista Charles Darwin passou pelo arquipélago. A Alamoa atrai e deixa o sujeito na mão por uma vida – e agora, onde colocar o desejo que fez estremecer um homem?

Diferenças lendárias à parte, a nova alegoria de Noronha faz sentido. Ninguém sabe do que essa Carol é capaz. Jeitinho mais lindo igual não há. Tesouro da ilha e de todos os continentes. Encanto radicalíssimo e imediato. Tudo que se diga é pouco.

Eis uma mulher para quem só nos resta cantar, ilhéus e ilhados de amor, o "Último desejo", de Noel Rosa:

"Perto de você me calo
Tudo penso e nada falo
Tenho medo de chorar".

Ah, Carol, se nada mais der certo, talvez num momento de máximo desespero, apareça, nem que seja em forma de lenda. Juro que entenderei a tua personalidade de leonina nascida no Dia dos Estudantes, 11 de agosto – *"me gustan los estudiantes"*, como cantaria Violeta Parra. Perdão. Aqui já virou viagem e delírio diante da tua beleza que sentou, involuntariamente, no meu estropiado joelho de romeiro e devoto.

Viagem, comoção, epifania, essas coisinhas profundas que a gente nem diz direito, que a gente não explica mesmo que tenha estudado em escola pelo método Paulo Freire. Essa coisa de impacto, de quando o macho não aguenta o tranco.

De como te encontrei na pista do Tag and Juice, festa de amigos, Beco do Batman, Vila Madalena, São Paulo.

De cara, pensei: romantismo, dramaticidade e sensualidade. Lembrei as características de tal signo, o centro das atenções, essas coisas. Gosto muito de te ver, leoazinha. Pensei até, juro, como fica irritada uma leonina faminta... Viajei, baby, na real e na lenda.

Nada também, óbvio, como a agressividade leonina. Não tem esse papinho Orestes Barbosa de "pisavas nos astros distraída". Carol, diabo, és a estrela e o chão que brilha no reflexo de todas as possibilidades.

Nervoso, como todos os homens, pescadores ou não – todo macho diante de ti é uma ilha de perdição –, aqui me despeço, carinhosamente, até um dia, quem sabe, se nada mais der certo.

Hermila Guedes

Viagem ao fim da noite do Recife

É pelos ossinhos das saboneteiras que se conhece, logo à primeira vista, uma estrela. Reparem nesta lição de anatomia de Hermila.

Se, como dizia Vinicius de Moraes, uma mulher sem saboneteiras é como um rio sem pontes, Hermila é o São Francisco na altura de Juazeiro e Petrolina, com aquele pontilhão gigante que une a Bahia a Pernambuco.

Foi dali de perto, aliás, de Cabrobó, município banhado pelas mesmas águas do Velho Chico, que Hermylla Guedes, sim, com dois eles e ípsilon, como na firma do cartório, saiu para o mundo.

Terra conhecida pela excelente maconha que produzia no passado, o que nem sempre era motivo de orgulho para muitos dos seus moradores, Cabrobó se gaba e festeja agora a honra de ter uma diva da tevê, do teatro e do cinema.

Foi lá que ela viu, sob os olhares de admiração dos conterrâneos, o especial *Por toda a minha vida*, sua estreia na Globo, quando representou Elis Regina. Na ocasião, recebeu uma homenagem, singela, singelíssima, do Clube dos Diretores Lojistas da cidade.

Palmas! A vida de verdade jamais estará em Nova York. A vida à vera é na província.

Encontro Hermila e suas lindas saboneteiras na noite do Recife. Na calçada do bar Central, ela começa a reinvenção do mundo, sob a brisa do Capibaribe, se diverte com os amigos, que também a tratam sem essa de estrelismo. Ela conta que só deu autógrafos em dois lugares do mundo: a sua Cabrobó e durante o Festival de Veneza (phyna!), para onde foi com o filme *Cinema, aspirinas e urubus* (2005), de Marcelo Gomes, seu primeiro longa. Nada fraca a rapariga.

Se rola um brega, como um daqueles sucessos de Aviões do Forró, trilha de *O céu de Suely* (2006), de Karim Aïnouz, no qual atua como protagonista, Hermila sai correndo para colar na radiola-de--ficha, o *jukebox*, mania recifense, e se acaba na pista.

Tempinho depois estamos todos em um quintal da rua do Lima, também na mesma área, ao som mais brega ainda, um show da Tanga de Sereia, banda cultuada em Pernambuco cujo clipe tem a participação da nossa estrela.

Só para variar, devoto-me mais uma vez a Hermila. Tema da cantada: ah, adivinharam, as saboneteiras.

"Eita que esse menino tira é onda!", ela brinca, desconversa, na *buena*, e requebra, que boca, que olhos bem cortados, que sucesso!

Outro bando de safados e amigos jogam o lero-lero, Hermila dança, tira onda, vida noves fora zero, estamos em casa, é festa na cidade mais fogosa do planeta.

"Bora pro Garagem", só se ouve a voz de Hermila.

Cláudio Assis, diretor de *Baixio das bestas* (2006), película que conta também, só para variar, com o luxo de ter a estrela pernambucana no papel de uma corajosa puta, diz: "Só se for agora, com Hermila vou até pra faroeste nacional, imagine pra aquele frege".

E segue a farra. O Garagem é mais rock'n'roll, pista incrível, delícias de *la noche* perdida.

Hermila dança numa animada roda de amigos do bairro. Alguém tenta comentar no seu ouvido, na base da gritaria, sobre a sua atuação na peça *Angu de sangue*, baseada no livro homônimo de Marcelino Freire, ela não ouve, o cabaré, o fuzuê é dos maiores.

Na minha chatice de homem alterado, pego nas saboneteiras como um velho escultor safado que pretende moldar no barro a sua imagem, um Abelardo da Hora, digamos assim, artista chegado ao sensorial na prática.

"Vou te usar como modelo para fazer uma linda boneca, uma calunga, vou vender tanto que vou ficar rico", digo. Ela ri lindamente, rola uma música do Pixies, pelo que me lembro, a gente se acaba de dançar na madruga.

Naquela aurora recifense tingida de lilás como a cor das unhas das mãos e dos pés de Hermila, os amigos celebram mais um dia. Simples, simples, assim como quem aproveita a vida independentemente de ser ou não ser uma estrela ou de saber qual é a praia do futuro. "Aqui começa a saudade de tu", digo, num trocadilho ridículo com uma frase/placa do filme de Karim Aïnouz. Corta.

Toca "Quando a maré encher", da Nação Zumbi, ali perto, no caminho de Hermila de volta para Olinda, a Veneza terceiro--mundista sangra no asfalto e os meninos tomam banho no canal como se pegassem as mais belas ondas do Havaí.

Isis Valverde

Como é difícil separar atriz e personagem

Lá em Aiuruoca, sul das Minas Gerais, nasceu Isis Valverde, mas foi na pele de uma suburbana carioca de *Avenida Brasil* (2012), a Suelen, que a mineira tocou fogo na testosterona e na imaginação dos homens de boa vontade. Ah, esses moços, pobre moços que morreremos confundindo vida real e fantasia, personalidade e personagem.

Confundimos mesmo, qual o problema de misturar continente e conteúdo, afinal de contas, o que quer uma mulher linda e gostosa? Lá em Aiuruoca não se fala em outra coisa.

Aqui rumino meu capinzim metafísico no canto da boca, pito, reflito e esmoreço diante de tanta beleza da mineira Isis.

De volta à novela. Aqui jogo uma pelada carioca no Divino Futebol Clube, sob o comando do boleiro Otávio Augusto, e salivo rodriguianamente pela Suelen. Afe!

Perdição demais no juízo, meu jesuscristinho! Senhor, livrai-me das tentações, mas não hoje. Nem na realidade, muito menos na ficção do teledrama.

Eu não sou cachorro, não, mas homem não sabe mesmo o lugar onde colocar o desejo, não mantém, graças a Deus, o devido distanciamento. Que venham Isis e mais Isis e pronto, mulher tão desejada que nem carece de plural, meu Deus.

Agora, falando mais sério ainda: e quando a Isis mulherão carioca ri com os olhinhos quase fechados de mineirinha de Aiuruoca?

Haja veredas para disfarçar meu desejo. Ai de mim, entre a morada de Copacabana e o caminho ancestral da roça mais sertaneja. É por aí, confesso, que Isis, a fêmea plural, mato e metrópole, cafundó e cosmópolis, me pega, faz do meu desejo um bambá de couve, um tropeiro do amor e da sorte.

Quem aguenta? Rumino o capinzinho metafísico das tentações, de novo, e abestalhadamente esmoreço. Quem aguenta? Só vendo outra vez os melhores momentos da série *Amores roubados*. Só a ficção salva.

Danem-se as intrigas das Candinhas da mídia, essa mulher é um arrastão brasileiríssimo capaz de levar a testosterona dos homens todos de uma vez. Ela é a pátria em pecados. O tesão da unidade nacional, como o São Francisco, o Velho Chico, o rio que começa mineiro na serra da Canastra e vai até Piaçabuçu, Alagoas, onde se derrama todinho no Atlântico.

Os homens, não importa a que mundo pertençam, se famosos ou da sociedade anônima, é que ficam loucos. Isis é o gozo democrático da massa, isso é lindo.

Isis não cai no conto da gostosa-bossa-nova, da gostosa-*cool*. Não tem nada a ganhar com isso. Nossa Lana Turner da geração Z. Evitarei mais um escancarado e repetidíssimo gostooooosa nessa narrativa. Ah, nossa Lana Turner em um dos filmes de maior suspense erótico de todos os tempos: O *destino bate à sua porta*. Isis é a *femme fatale* à brasileira.

Karine Carvalho

Os olhinhos do milagre de Fátima

Quando te vi, pela primeira vez, descendo a rua Faro, no Jardim Botânico, Rio de Janeiro, meu Deus, disse pra mim mesmo, comunicado urgente ao meu próprio espanto: só pode ser uma daquelas meninas que veem Nossa Senhora, ou, quiçá, uma daquelas do milagre de Fátima, de tão linda, de tão zoim que vê as coisas não declaradas, os mistérios do planeta, tu descendo ali, sandalinha pisando nos astros distraída, teu então rapaz Rodrigo Amarante logo atrás, metafísico e bonito barbudo sob o sol dos trópicos, teus cabelinhos como no filme *As virgens suicidas*, de Sophia Coppola, era comovente a cena, eu ali no bar Joia, mastigando a ignorância da maminha carnívora com muito alho, fiz a mais solitária das olas de uma arena, ôooooo, depois tantos encontros, de todos os gêneros, amorosos, amistosos, cenas de aeroportos, tu no projeto 3 na Massa, que banda, tu, mulher tipo que faz bolo de framboesa pro teu homem (no meu aniversário nos últimos dias de Pompeia), tu, lindeza infinita, tu na novela, tu naqueles versos de John Donne musicados pelo Péricles Cavalcanti, deixa que minha mão errante adentre, entre, minha América, minha terra à vista, tu, uma bagaceira de infinitudes em minha vidinha pouca, tu na tevê, de novo, na canção ou no teatro, na campanha política de Caruaru e de João Pessoa, tu, ave, com todas as possibilidades possíveis de grandes e pequenos voos, tu, pessoa louca, tu, Rio, tu, San Pablo de la Consolación, juro que um dia registro a patente de um novo adjetivo que te caia como nosso amor, um adjetivo exclusivamente de todos, me espera, seu Aurélio, que ela merece o dengo, a moral, o vocabulário de boca cheia, toda uma lexicografia, galeguinha, de vadiagem ou de família. Quem sabe um advérbio de modo: o estado de fatimice, o momento do milagre, quem sabe.

Camila Morgado

Onde queres fofura, rock'n'roll

Ela pode aparentar ser aquela mulher delicadinha, que desperta no macho alfa – o tal do predador evoluído – a vontade de canalhamente protegê-la. Doce ilusão machista. Esqueça, meu rapaz, é melhor repensar os seus modos. Definitivamente a moça não habita o reino da Fofolândia, repito o que disse, priscas eras, na revista *Lolla*.

 A imagem de bonequinha de louça não cai bem na vida real da nossa mulher que, sem precisar fazer um jogo de sedução mais explícito, congela o olhar dos homens. A falsa ruiva – tecnicamente explicada logo abaixo – está mais para a personagem de *Casa de bonecas*, a peça de Ibsen – ela curte, deveras! –, que praticamente criou a primeira mulher libertária no teatro, uma dona de casa que rompe com o marido, quebra tudo na cristaleira das miudezas tradicionais do lar, doce lar, inclusive as asas das xícaras, e cai no mundo. Ibsen século XXI.

 O ruivo lhe cai bem. Daí a impressão de que foi assim que ela veio ao mundo. Tecnicamente, seu cabelo é loiro-acinzentado. É isso? Ela assegura que sim. Difícil deixar de ser ruiva quando a nossa imaginação já tingiu essa mulher com o avermelhamento do fetiche. Eis uma ilusão que vale a pena levar em frente. Camila Morgado é ruiva. Pronto. "Louco quem diz que não sou. Louco de quem duvida", ela entra, risinho lindamente sádico, no jogo do aparente.

Quem não a conhece de perto tem a ilusão rasteira de que ela é uma mulher dramática, intensa, com uma densidade teatral a cada movimento. Jogue fora também esse apressado ponto de vista. Óbvio que ela gosta de certo drama puxado, mas apenas nas telas e no palco. Não vamos confundir as coisas mais uma vez. Na vida como ela é, trata-se de uma moça simples, descomplicada no último. "Que não confundam minha vida com o meu serviço", desconstrói.

Se tem uma coisa que ela gosta é de chamar de "serviço" aquilo que faz. Outra forma de tirar a solenidade da sua arte. "Quando a gente diz serviço, a gente se ilude menos", reflete, e insiste no peso das palavras: "Meu serviço é meu serviço. Por que dramatizar não pode ser apenas um serviço a favor da arte? Melhor seria que fosse a favor da vida, é o que eu tento fazer".

Pausa para os suspiros deste narrador fracassado, mas meus diálogos com Camila são importantíssimos e não são de hoje.

Papéis fortes como o de Olga Benário, no filme *Olga* (2004), do diretor Jayme Monjardim, ajudaram a moldar a imagem de uma atriz mais para o dramático. Impossível esquecer a saga da guerreira que amava o líder comunista Luís Carlos Prestes. Outros papéis que contribuíram para essa mesma construção: a Manuela de *A casa das sete mulheres* (2003), também com Monjardim na direção, e o drama dentro do drama, ao viver o mito da atriz Cacilda Becker na minissérie *Um só coração* (2004), entre outras atuações.

Eis Camila Morgado, essa moça fluminense de Petrópolis que muita gente vê como gaúcha por causa do sucesso da citada *A casa das sete mulheres*. Mais um dado no jogo permanente das aparências que a atriz carrega. "Isso sempre está acontecendo comigo. Pensam que sou uma coisa e sou outra", diz. "Por isso insisto em dizer: meu serviço", volta ao gracejo.

Camila não é mesmo o que parece. Está longe da esposa complacente, como a risível e enganada Noêmia que interpretou no teledrama *Avenida Brasil* (2012), de João Emanuel Carneiro – o autor que faz retratos de mulheres à maneira de Balzac e mostra a falsa moral suburbana à moda de Nelson Rodrigues.

Essa ariana nascida em 12 de abril de 1975 é do tipo que pisa nos astros, distraída, e surpreende mesmo. Só uma coisa ela detesta mais do que a obviedade: ovo frito mole. "Dá para passar mais um pouco, moço?", ela pede ao garçom de um restaurante dos Jardins, em São Paulo, onde almoçávamos dia desses.

Temi que a cordial Camila se transformasse naquele momento na Lynndie England, a crudelíssima oficial do Exército americano na Guerra do Iraque, personagem que acabara de fazer na peça *Palácio do fim*, da dramaturga canadense Judith Thompson.

Ver a suposta delicadinha Camila Morgado na pele daquela malvada – lembrem-se das fotos da oficial torturando os prisioneiros nus – foi assombroso e necessário. Não há como negar a ela um posto entre as mais importantes atrizes brasileiras. A crítica especializada reconheceu de pronto. Este cronista, que não é do ramo, depois de ver a peça, demorou anos para reconhecer, de volta, na vida como ela é, a então musa e colega de trabalho.

Na noite com Camila...

"Mas que atriz, porra", exclama Paulo César Pereio, o grande ator, gaúcho e símbolo macho, saltando de sua mesa no Dona Onça, no edifício Copan, tendo o néon do cabaré Love Story por testemunha. "Não brinquem com essa pequena, ela talvez seja a maior entre nós", interveio Vera Holtz, colega de teatro e de *Avenida Brasil*, rindo e rindo.

Vera Holtz falou, está falado. "Ela me ensina tanto, basta um olhar que já aprendo", replicou Camila.

Na hora de pedir o prato no restaurante, Camila nos desmente mais uma vez. Ah, iludidos homens. Nada de frescuras ou saladinhas. Se, por um ovo malpassado, a danada é capaz de fazer uma Guerra do Golfo, mas só com os olhos, ela pode espantar os garçons por exigências mais radicais. Como uma rabada com agrião e polenta, à meia-noite de uma segunda-feira.

Estamos juntos. Amo.

"Uma rabada?", pergunta o garçom, assombradíssimo com a pequena galega.

"Óbvio, sem dúvida, por que não?", Camila reafirma o pedido.

Camila Morgado nunca vai ser o que o senso comum ou o nosso primeiro olhar diz sobre ela. Jamais a princesinha do reino da Fofolândia. É uma mulher que se vira muito bem sem o altar do casamento. Ama morar sozinha e dispensa até aquela corte de empregados e serviçais que as estrelas da Hollywood carioca costumam manter por perto.

"Não gosto de viver essa ilusão. Prefiro, na maioria das vezes, resolver eu mesma minhas coisas", conta. A atriz se diferencia também por fugir o quanto pode do chamado circo das celebridades. Daí ter muitos amigos fora dos elencos globais.

Pelo que vimos, em vez do plano de protegê-la, que nos desperta à primeira vista qual uma Marilyn Monroe no filme *Os desajustados* (1961), de John Huston, devemos mudar de estratégia. Ela não se derrete, submissa, aos pés dos caubóis, como a loira do filme. Uma falsa ruiva não se dobra com facilidade. Cacildes!

Só resta seguir com nosso amor platônico em cavernas separadas. Uma danada, essa pequena, mas amor é o que não falta da minha parte.

Paula Burlamaqui

Quando um tesão é um tesão é um tesão é um tesão

Como esquecer aquela foto do making of? O bravo fotógrafo J. R. Duran, em mangas de camisa, te clicando em Aspen. E estavas em um trenó, com um paciente cão siberiano entre as coxas. Acariciavas a doce criatura e só nos restava, destreinados cãezinhos pavlovianos, a inútil baba da inveja. Tesão sem limite!

Playboy de 1996, lembro muito bem, desalmada.

Corta do gelo de Aspen para os quarenta graus de Ipanema, verão de 2013. E Paula Burlamaqui mais gostosa do que nunca. Digo, sejamos elegantes, mais Burlamaqui do que nunca. Porque, à simples menção desse sobrenome, os homens se animam. Ontem, hoje e sempre. Para cima com a cumeeira, rapaziada. É mesmo assim, juro, já fiz o teste. "Lá vem a Burlamaqui." Assanhamento geral na roda praieira. *Frisson* é pouco. Diga "Burlamaqui" e verás. É um tesão fonético e imediato. Quantos sons e fúrias o desejo guarda nesse paroxítono!

Burlamaqui, caros herdeiros do Aurélio, do Houaiss, do Aulete, sugiro: é sinônimo de gostosa, gostosura, gostosice; substantivo, adjetivo, advérbio etc.

Claudia Ohana
O amor à prova de técnicas depilatórias

Claudia Ohana é uma das maiores atrizes brasileiras, além de excelente cantora, artista com todos os dotes e aquela mulher linda e gostosa que amamos de tantas novelas e filmes.

Quis o destino, porém, que La Ohana também fosse conhecida, a partir da lendária *Playboy* de 1985, como a musa da mais bela e virgem mata tropical destas terras de Pindorama.

Acontece. Mesmo em uma época em que era comum a preservação dos nossos bosques, a moça carioca virou símbolo e fetiche da ecologia pubiana.

Ela ri dessa história toda e confessa que agora depila, como me disse outro dia na bancada do júri do programa *Amor & Sexo*. Sem exagero, obviamente. Mudam os tempos, mudam as modinhas de fêmea.

Em 2008, aos 45, ao melhor estilo cinematográfico de "árido *movie*", Ohana voltou às páginas de *Playboy* em ensaio feito pelo fotógrafo André Passos no sertão cearense. Ohana nas alturas, assim o ex-marido Ruy Guerra a saudou nas páginas da revista: "Aqui é mais, muito mais do que o que vocês miram, gulosos".

La Ohana pode tudo, com ou sem desmatamento. Vale a artista de *Erêndira* (1983), filme de Ruy Guerra baseado no livro *A incrível e triste história da Cândida Erêndira e sua avó desalmada*, de Gabriel García Márquez. Personagem inesquecível.

Vale a Ohana de *Bonitinha mas ordinária ou Otto Lara Resende* (1981), vale a atriz-cantora de *Ópera do malandro* (1986), valem as atuações apuradas em *A favorita* (2008-09), *Cordel encantado* (2011) e *Joia rara* (2013-14), para ficar apenas em três exemplos distintos da teledramaturgia brasileira.

A admiração é a de sempre, La Ohana, meu amor é à prova de cera negra espanhola ou qualquer outra técnica depilatória.

Marina de la Riva

Miradas sutis que penetram a alma

Uma brasileira à cubana, Marina de la Riva nos leva no bolero, lero-lero, vida noves fora zero, como no poema de Bandeira.

Marina nos leva, no feitiço do palco, para lugares nunca dantes, para um querer não querendo de um poema do Neruda. Marina nos leva, vamos, na salsa ou no samba, desde que no idílio e no enrosco, como em um concerto barroco do Alejo Carpentier em Havana – em prosa ou em rumba.

Durante um porre, de mojito ou cuba-libre, tatuar teu nome em cada parte do corpo, eis o que tua música sugere, para que ninguém te roube, para que ninguém te borre.

A Cuba paterna, canção de certo exílio, o Rio de Janeiro de nascimento, a mãe mineira. Está tudo lá, no sangue, está tudo lá, no disco, mas é no feitiço do palco, repito, que mora o perigo. Ela adentra o cabaré, flor no cabelo, na estampa do vestido redesenha nosso desejo, segura no babado das vestes como uma cigana em festa, e a essa altura, amigo, estamos entregues, cães vira-latas, *perros callejeros* a farejar nossa bela desgraça amorosa.

Em um piscar de olhos estamos *borrachos* a falar um babélico portunhol selvagem, a reinventar os boleros de Bienvenido Granda, *"Perfume de gardenia/ Tiene tu boca..."*.

Aí mora o perigo, te mirar no palco, em pleno concerto, e receber de volta miradas tão sutis que penetram a alma daqueles desavisados *hombres* que miram os teus olhos. Aqui fala a voz da experiência de tal fatal alumbramento.

O feitiço do qual não escapa nenhum *chico*. Nem o Buarque de Hollanda. *Yo tampoco.*

Sophie Charlotte

Minha Serra Pelada, meu tesouro

Li na banca – quem lê tanta notícia? – que ela ama a palavra "devir" (1. verbo intransitivo: vir a ser; passar a ser; tornar-se; o mesmo que devenir; 2. substantivo masculino: fluxo permanente, movimento ininterrupto. Do latim *devenire*).

Mulher que trabalha com "devir" é covardia, meu caro Aulete, meu caro Houaiss, meu caro Aurélio, me apaixono na hora.

Demorou, devir, demorô, já é, como se diz na prosódia carioca muito além do dicionário e da dona Norma Culta.

Essa potência mulherística nascida em Hamburgo, no ano da Queda do Muro de Berlim (1989), é sangue bom das belas misturas do mundo, justamente no momento de certo rompimento das barreiras e fronteiras.

Repare que história: é filha de um pai brasileiríssimo do Grão--Pará com uma mãe alemã, aliança sanguínea *sauvage*, quase intergaláctica que daria um *Fitzcarraldo* (o filme) naturalíssimo.

Seu José Mário da Silva, cabeleireiro, dona Renate Elisabeth Charlotte Wolf, bióloga.

Charlotte, meu tesouro, *meine Liebe, Schatz, mein Schatz, mein lieber Schatz* – nem lembro mais que diabo é isso, mas sei que pode ser dourado e carinhoso, aceite a minha devoção bilíngue de tabajarístico tradutor on-line.

Charlotte, capaz de ser princesa e onça mais amazônica, como no épico *Serra Pelada* (2013), filme de Heitor Dhalia sobre o maior garimpo debaixo do céu da humanidade.

Minha pepita, meu incansável ouro de mil bateias, minha terra aberta por intermináveis minas, por ti cavouco e "escavouco" a mais improvável rocha da terra do nunca.

Escalaria essa moça para perturbar o juízo não somente do eldorado brasileiro. Seria capaz de convencer John Huston, o diretor do filme *O tesouro de Sierra Madre* (1948), a fazê-la subir a montanha prometida ao lado de Humphrey Bogart, Walter Huston e Tim Holt. Iria colocar à prova a macheza daqueles destemidos em busca do ouro.

Princesa de novela e puta Tereza no cinema. E como dança falsamente tímida em uma pista de festa na cidade do Rio de Janeiro. Cronista *voyeur*, confesso: nada mais lindo que os ilíacos da alemã, alemoa, carioca interplanetária dos trópicos no ziriguidum e telecoteco.

Viver é raparigagem, viver é garimpagem, seja na friagem de Hamburgo, onde nasceu a Lola, seja em Marabá da febre da selva.

Sophie Charlotte, com dois tês, pronuncie comigo. Sophie... Sem fôlego, deixo a brincadeira por aqui mesmo.

Mayana Moura

Rockstar gótica, o tempo e o vento

Ah, sem purismos, estimado e solene leitor, mil desculpas às santas senhoras de Santana do mundo impresso ou do poema em linha reta e da porrada da internet, mas Mayana Moura é foda, *phueda*, como prefiro, com ph de pharmacia das antigas e com um leve toque do portunhol selvagem, o grande idioma, o esperanto do Novo Mundo criado pelo poeta Douglas Diegues.

Desculpa, sagrado leitor, pelos maus modos do advérbio.

Mas a menina é f... mesmo. Na passarela, no palco do rock, no tablado, na novela ou no cinema, como no genial e esculhambado *Elvis e Madona* (2010). Vale tudo.

Garota invocada, mulher articulada.

A fdp, sim, isso é elogio, perdão mais uma vez, queridíssimo leitor purista, eis a linguagem. Como ia dizendo, a fdp sabe o que diz, inteligência rápida, imagens que desequilibram o jogo modorrento da obviedade.

Outro dia, Mayana falava sobre a sua personagem Luzia na minissérie O *tempo e o vento* (1985), adaptação do clássico de Erico

Verissimo dirigida por Jayme Monjardim. Repare no que a moça saca do coldre qual a heroína do filme *Bonnie and Clyde*: "Luzia olhava alguém como quem olha uma mesa ou uma cadeira. Tinha olhos de estátua. Ela se casa com o filho de Bibiana, Bolívar, e enlouquece os dois com seu temperamento forte e maléfico. Para mim, visualmente ela é uma rockstar gótica em 1800".

Ah, na *buena*, sabedoria que o Erico Verissimo aplaudiria.

Ah, me toco quando as moças sabem ler de forma tão bonita seus papéis no mundo.

Marisa Monte

Memórias, crônicas e declarações de amor

Testemunha ocular da história, eu tive a sorte de, jovem repórter de passagem pelo Rio, assistir a um dos primeiros shows de Marisa Monte. Creio que no bar Jazzmania, 1987, 88, algo assim, sei lá. Muita gente encantada com o talento da moça. Não poderia ser diferente.

Como não sou nenhum sábio Nelson Motta, descobridor dos sete mares, fiquei babando mesmo foi com a beleza, o charme, a distinção, a nobreza, a pele, a alma, a gostosura e outras tantas qualidades da moça do palco.

Arre!

Aquela coisa assim, que bate forte no peito, revelação de diva e divindade, epifania, aquele espetáculo – sim, eu também consegui ouvir as canções –, tudo me deixou passado, comovido, como se estivesse sob o efeito dessa lua, desse conhaque do poema de Drummond.

Depois, ao longe, no planalto central do país, aquele "bem que se quis", com uísque caubói e Waldick Soriano, embalou um infortúnio amoroso de me doer nos ossos. Era a música preferida da miserável que, por pouco, não me levou a pular da torre de Brasília, o suicidódromo famoso da época.

Corta. Esquece. Nem lembro mais da infeliz criatura.

Quer dizer, lembrar, lembro, um pouquinho, só não morro mais disso, já era.

Agora estamos diante daquela capa bonita do Zéfiro, meu ídolo de clandestina e instantânea felicidade juvenil. O disco de Marisa ilustrado pelo mestre.

Faria um livro só para ti: *Memórias, crônicas e declarações de amor*, repetindo o teu próprio título. Repetiria devoções, mas sempre com cantadas originais, nem que fossem plagiadas de algum grande poeta. Para ser sincero, moça, eu te mandaria, pelo mais confiável dos portadores, flores vermelhas e o samba-canção da Ana Cristina Cesar:

"Tantos poemas que perdi.
Tantos que ouvi, de graça,
pelo telefone – taí,
eu fiz tudo pra você gostar,
fui mulher vulgar,
meia-bruxa, meia-fera,
risinho modernista
arranhando na garganta,
malandra, bicha,
bem viada, vândala,
talvez maquiavélica,
e um dia emburrei-me,
vali-me de mesuras
(era comércio, avara,
embora um pouco burra,

porque inteligente me punha
logo rubra, ou ao contrário, cara
pálida que desconhece
o próprio cor-de-rosa,
e tantas fiz, talvez
querendo a glória, a outra
cena à luz de spots,
talvez apenas teu carinho,
mas tantas, tantas fiz...".

E continuaria na mesma vidinha, observador das miudezas da humanidade, vez por outra uma oração no altar do Google Image, diante de mil fotos dos teus olhos com acento árabe e aquelas sobrancelhas que me levam ao deserto pessoaníssimo de mim mesmo. Deixa eu dizer que te amo.

Bebel Gilberto

Ho-ba-la-lá meu coração

A filha do homem se diz numa onda "meiga e abusada". A filha do homem da Bossa Nova se diverte com o funk da cantora brasileira Anitta. Prepara-te, ninguém de importância na música do mundo tira mais onda do que a filha do homem. Como causa lindamente essa Bebel Gilberto. Ho-ba-la-lá, ziriguiboom, telecoteco, bebelucha, como ela brinca. Zero solenidade a filha do homem.

Outro dia testemunhei um diálogo entre ela e o cantor pernambucano Otto. Juntos inventaram um dialeto cósmico. Não entendi uma só palavra, alta madrugada no Baixo Leblon, sob o néon da pizzaria Guanabara, mas como aquilo traduzia um verão do Rio Babilônia. A filha do homem tem o Juazeiro paterno na risada de beira do São Francisco. Esse tipo de desregramento, quase uma epifania, que não se aprende em Nova York.

Lá vem a filha do homem. Um acontecimento e tanto na gringolândia, os ruídos da Bossa também aqui dentro.

E amor, o ho-ba-la-lá, ho-ba-la-lá uma canção.

Quem ouvir o ho-ba-la-lá terá feliz o coração.

Bárbara Paz

Uma ficção erótica em Copacabana

Aqui com meu amor, taramos a Bárbara Paz, assim é a vida e o eterno elenco de apoio às noites lindamente perversas, quase sempre as camas estão repletas dos desejos que invocamos de última hora.

Aqui com meu amor, vemos aquela pinta, sinal, na bunda linda da Bárbara Paz, aqui, com meu amor, ela e eu deliramos no taco, no conjugado de Copacabana, sempre na linha *Último tango em Paris*.

Aqui sonhamos com a Bárbara dizendo uma peça de Jonathan Amacker, inspirado em texto de Guy de Maupassant, com o qual o escriba francês ficaria encantado, pediria bis, de novo e de novo, um texto chamado *Contos de sedução*, meu Deus, o que era aquilo, que competência, que arraso, que mulher é essa, digo, que atriz, de onde ela tira tudo aquilo em meio minuto de desassossego do nada?

Messiê Maupassant, vendo tal espetáculo, escreveria um novo *Do amor*, o livro-mor, só para a nossa mais intensa das mulheres do teatro.

Aqui deliro com messiê Maupassant, aqui eu conto as pintas de Bárbara nas fotos da revista *Trip*; eu e meu amor apanhador de sinais nos campos inimagináveis. As fotografias na revista, e um texto incrível do Marcelo Rubens Paiva que quase copio todinho, agora, já era, plagio mesmo, amigo, perdeu, playboy, vai, Corinthians.

No meio da noite louca em Copacabana, ainda me lembro da galega Bárbara na peça *Felizes para sempre*, do dramaturgo Mário Bortolotto. Arrebatação é a única e solitária palavra.

É que a gente não sabe mesmo o lugar onde colocar o desejo... O desejo é um docudrama, sempre mistura a realidade do documentário com a ficção. Ou vice-versa, caríssimo cineasta Hector Babenco.

Bárbara de novelas, filmes, peças... Bárbara de *Hell*, de *Madame de Sade*, Bárbara de *A importância de ser fiel*, Barbará.

Aqui com meu amor, noite de verão em Copacabana, só me resta o delírio, Bárbara no palco, real e imaginária, sob nossa direção.

Rita Wainer

E um cadáver inventado como prova amorosa

Se um dia eu não tiver Rita Wainer, me mudo deste mundo, mesmo sabendo que nessa brincadeira eu serei o eterno abandonado. Não a grande desenhista, ilustradora, não simplesmente a artista multitalentosa ou a outrora estilista etc., falo da grande mulher mesmo que ela é.

Rita Wainer, cadê você para ouvir minhas inverdades encobertas? Se um dia não tiver Rita Wainer, com quem vou cantar "na paz do teu sorriso, meus sonhos realizo"? (Na voz da Nara, óbvio, tua cara.)

Se um dia não tiver Rita Wainer, graças a Deus já estarei bem mortinho e dormido de amores nunca dantes.

Se um dia não tiver Rita Wainer, velho Hemingway, azar do Sol por testemunha.

Só Rita Wainer me sacaneia do jeito que mais gosto, acaba com o monstro, humaniza pela derrota linda e suprema.

Só Rita me tira, zoa, sabe que foco é coisa ultrapassada e que nossas ações serão sempre lastreadas em estrelas brilhantes e caos.

Rita acha que eu não sei disso.

Não.

Rita sabe de tudo.

Rita simplesmente não acredita neste cronista. Pense numa pessoa que sabe das coisas, as aparentes, e das verdades encobertas cantadas por Roberto Carlos, nosso preferido.

Tenho moral nenhuma com a Rita: ela sabe de cor as minhas mentiras, como aquela menina da peça do Oscar Wilde que desmoraliza a indecência.

Ela já chega rindo.

Porque acredita nos nossos atrapalhos, ô sorte, meu amigo Wilson das Neves.

Amo tanto Ritinha que, quando morávamos juntos, inventei que tinha matado um cara na rua Teodoro Sampaio. Não para heroificar minha triste figura. Só por inventar mesmo. Havia um desejo, certa noite, de oferecer a ela, como prova de amor, um cadáver.

Glória Maria

Desejo, aventura e notícia

Sagrado momento em que Glória Maria, em nosso jornalismo tão metido a frio e distanciado, se colocou e se coloca na reportagem. Como se descesse do lendário centauro da imparcialidade e pusesse um gostinho de vida, pimenta moída na hora, por cima dos acontecimentos. Seja de notícia dada como séria, seja, mais sério ainda, em narrativa de viagem e aventura.

Glória, oh glória, dentro da cachoeira, jamais da cascata, Glória em cima de um camelo no deserto, Glória em uma embarcação precária Vietnã adentro, Glória que vive, desvenda e traz o mundo para a gente simples do bairro, da vila, da cidade, da província.

Glória pioneira em um país cuja narrativa sempre foi tão branquela. Glória nobreza de qualquer horário, acento de uma prosódia particularíssima, apresentadora ou repórter, capaz de passar credibilidade e desejo ao mesmo tempo – isso é rara comunicação de massa –, afinal de contas estamos todos vivos, e a confiança e a libido são os dois instintos que preservam a nossa passagem, na rotina ou na aventura, por este planeta. Glória nas alturas.

Lia de Itamaracá

A ciranda que gira em torno do Sol

Quando abracei e tentei um beijo bêbado em Lia de Itamaracá, na boca, essas coisas de camarim, vai por mim, Chico Science riu, com aquele risinho invocado dele, e disse, me lembro: "É nossa Nina Simone, é nossa Sarah Vaughan, é nossa Billie Holiday".

Pense num Science sabido! Tirava onda. Era um show com os meninos da Nação Zumbi.

Lia é nossa diva-mor, é nosso Carnaval que arrodeia, cirandeiro e cirandoso, o frevo que inventou de fato o jazz e aquele fundo natural de blues.

Chega de teoria... O beijo escorregou e foi direito para o pescoço, digo, para o cangote de Lia. Chico com as suas ondas atrapalhou foi tudo, fdp, no que ela disse "cabra safado", sorrindo demais da conta, no que eu, pobre cronista de costumes, abracei aquela deusa ilhada e fomos embora.

Num se sabe é para onde, se para uma ciranda de Itamaracá ou para um beco bonito e niilista do Hellcife.

Monique Evans

Na cama com a musa na madruga

Viajo na minha velha coleção de revistas *Playboy* e dou de cara, por sorte, nesta manhã empoeirada de sábado, com a capa de número 120, julho de 1985: "A carioca que fez São Paulo ferver – Monique Evans, a musa do inverno!". A primeira vez de Monique.

Logo adiante, na mesma revista, o sábio e sabido linguista Antonio Houaiss nos apresenta "330 sinônimos de xoxota". Isso é que é matéria.

Uma *Playboy* do tempo em que o amigo mais caretão chegava em casa com desculpas pseudointelectuais para ler revista de mulher pelada. Comprei por causa do Houaiss, do Tarso de Castro. Que texto! Tarso, a lenda, o homem, o mito, o mulherengo-mor do jornalismo brasileiro, narrava, na ocasião, as suas aventuras de pai solteiro com o menino João Vicente. Que fofo!

Isso tudo na mesma revista. Para completar, o gênio colorado chamado Luis Fernando Verissimo escreveu, naquele mesmíssimo número, a ficção "A missão especial da SWAT do sexo". Sacanagem como exercício de estilo.

Pulemos as belas desculpas para comprar a revista. Às páginas centrais, meus camaradas:

Alvíssaras: Monique, Monique, Monique...

Na época ela amava o não menos extraordinário Leo Jaime. Óbvio que no programa *Saia justa* o sacaneamos sobre uma sincera declaração da Monique. Chegou ao orgasmo pela primeira vez, e de verdade, com o cara, o inimitável compositor e intérprete da fórmula do amor.

Benditas páginas centrais. Monique de cabelo curto, espetadinho, vontade de passar a mão no sentido contrário ao da penugem. A bela inveja do fotógrafo J. R. Duran. E não é de hoje. Como sabe vê-las por nós, amém, cadê o papa Francisco que não canoniza esse J. R., minha gente!

Playboy à parte, que fêmea. Ainda mais gostosa ela está no filme *Eu* (1987), do diretor Walter Hugo Khouri. Tarcisão Meira mandando na área. O mais freudiano dos filmes do freudianíssimo Khouri. E, na boa, como Tarcisão é um ator genial e não apenas nessa película.

Meu sonho era conhecer a Monique.

E não é que um dia eu me deitei com ela, amigo. Pena que apenas como entrevistado do programa *Na cama com Monique*, uma excelente e surreal sacanagem madrugadora da Rede TV!. De qualquer forma, um sonho. Ali, na horizontal, só me restava pensar besteiras e viajar na alcova, mesmo que televisiva, com a modelo e atriz que fez e faz a testosterona do macho brasileiro ferver em qualquer lugar nas quatro estações.

Virginia Cavendish

Ave, vixe

Como se cantasse, ainda no final dos anos 1980 no Recife, "não se perca de mim, não desapareça", não desgrudei as retinas da atriz Virginia Cavendish desde o vídeo *Batom* (1988), de Ana Paula Portela. Opa, não posso esquecer a performance da pernambucana em *Que m... é essa?*, de Bruno Garcia e Marco Hanois, naquela mesma safra.

Não careço dizer que emendei com *Kuarup* (1989), do Ruy Guerra, *Soneto do desmantelo blue* (1993), de Cláudio Assis... E depois todo mundo sabe. Sobretudo de *O auto da Compadecida* (2000) e de *Lisbela e o prisioneiro* (2003), ambos dirigidos por Guel Arraes.

Não careço mais de ficha técnica, esqueça, vou fazer é a louvação, esquecer até as novelas. Esqueço até a minissérie *Dona Flor e seus dois maridos* (1998) e, voltando duas casas, a peça A ver estrelas, de João Falcão, também lá em Pernambuco.

"Lá vem Cavendish, vixe", como dizíamos, pelos bares do Recife. Ô mulher para deixar uma humanidade maluca. Diante desse prefixo, como se fosse um desavisado "ó de casa", ficávamos doidinhos do juízo, por mais que disfarçássemos. Lá vem Cavendish...

Mariana Lima

Amor à primeira e à última vista

Assim eu amando tuas peças, assim eu vendo que não tem igual neste mundo, esse modo avião brechtiano, como não quer nada, aqueles textos, os escritos daqui e d'além-mundo, me acabo.

    A minha última vez contigo foi em *A primeira vista*, drama e comédia do canadense Daniel MacIvor, tu e a Drica Moraes, duas gostosas brincando de rock'n'roll e acampamento, que bonito.

    Brincando à vera de Nirvana, The Cure, Cat Power... Brincando com o fogo-fátuo e o próprio. Serei breve, e aqui convoco o marido Enrique Diaz, para o uníssono, com Tchékhov no mesmo grito: Mariana Lima, tu és fodona.

    Aqui te deixo esta croniquinha de nada. Afinal de contas, pra que epopeia, se num haicai cabe toda a ideia?

Ana Paula Arósio

A hora de sair de quadro para entrar na vida a galope

Te conheci, menina, em um filme de um dos meus diretores de cinema prediletos: Walter Hugo Khouri, orgulhosamente o nosso Antonioni da Mooca, o nosso Bergman da sacanagem burguesa e freudiana ou qualquer outro decente apelido que o gênio mereça. Era a tua estreia no cinema, em cartaz com *Forever* (1991), aquele com o Ben Gazzara, lembra?

Tenho saudade, moça, mas tua opção declarada pelo sumiço só fez ampliar minha admiração de fã confesso. Tua opção por uma vida, digamos, normal, fora de telinhas, telas e palcos, é uma dádiva. Antes teu mato e teus cavalos às badalações de estrela. Antes o refúgio, antes da rabeca que tocas para os amigos – sim, ela é craque no velho instrumento.

Bem sei que não se trata de um *I want to be alone* da personagem de Greta Garbo em *Grande Hotel*, filme de 1932.

Foi a escolha de Ana Paula. A hora de sair de quadro para entrar mais na vida. A galope. Antes teu mato e teus cavalos ao desassossego em público.

Não deve ter sido assim tão fácil "ligar o foda-se", essa popular e nacionalíssima expressão para o desafogo da rotina. Nada. É sempre algo mais complexo. Um eu profundo e os outros eus que não são da nossa conta. Saudade. Mas acho lindo e entendo muito o que tu deveras sentes. Te amo.

Marisa Orth

O riso, o brega, a gostosura superior

Quem não se lembra do grupo Luni? Eu vivi os anos 1980, meu velho, e como recordo. Marisa Orth, a cantora, estava lá mandando brasa, embora essa gíria já tivesse ficado para trás. As gírias passam, as musas se banham eternamente nas águas do *Cocoon* – o filme – da memória, o cocoon do cocuruto, as termas que renovam meus neurônios.

La Orth é uma cantora extraordinária, mulher idem, hoje e principalmente sempre.

"Eu vou tirar você desse lugar", ela cantou a música, certa noite, para o próprio Odair José, até então o ídolo das empregadas.

Era como se cantasse: eu vou tirar você desse Godard. Naquele momento, ninguém sabia, mas a diva estava, sem saber, tirando a classe média metida a cult do seu cantinho óbvio de "MPB de qualidade" e cinema francês.

Marisa Orth, com a sua banda Vexame, dos anos 1990 por diante, na São Paulo do Aeroanta e outras freguesias modernas da cidade, ajudou a tirar a dita música brega da área de serviço. Contributo e tanto, eu a vi na fila do gargarejo, ajudei no eco óbvio de "gostosa", brado retumbante que ouviram até do Ipiranga.

La Orth levou a então música peba e cafona, nada cult na época, para a sala de estar da classe média bacana e revolucionária, onde só tocava Chico Buarque, Caetano etc.

Marisa Orth não é apenas aquele pernão, pernões, aquela coisa toda plural, superlativa, hiperbolicamente sexy, bocão etc., mas se fosse "só isso", nossa, já estaria de bom tamanho, não era?

Ela parece que não leva muito a sério a sua gostosura superior, superiora, adjetivada, grandiloquente... Eu levo. Ela tenta fazer graça, perco o juízo, mas não o foco nessa coisa da sexualidade do mulherão que na atriz faz morada ou da atriz que habita a criatura.

Achou muito metafísica essa explicação toda?

Vamos à *Playboy* de Marisa. Umas das minhas preferidas aqui da coleção encadernada. Ou você acha, amorrr, que comprei aquela tua para ler a entrevista da Magic Paula? Sem desculpas. Vale o belo recheio orthiano.

Vamos a quase outro dia mesmo, a 2013, no Leblon, quando vi as incríveis pernas da moça e disfarcei, jeca tatu que sou, perguntando o resultado do futebol para o garçom.

Pocahontas
Tesouro da minha ostentação da Baixada

Prepare o seu coração para as coisas que eu vou dizer, amada Anitta, mas eu morro de amores mesmo, no seu ramo, no seu gênero, é pela MC Pocahontas.

Eis o tesouro da minha ostentação maluca.

A princesinha de Duque de Caxias, nascida em Queimados (RJ), nem chegou aos vinte anos e já é uma lenda do funk brasileiro. Soletremos com ela, na batida: me-re-ci-men-to é luxo, luxo é merecimento.

Boné no sentido contrário, reinações de um narizinho para o alto, empinado como pipas domingueiras de um subúrbio em festa para os deuses que dançam, que bonito! Agateados olhares capazes de feitiços no baile, olhinhos cortados segundo as mais perturbadoras lições de anatomia da mestiçagem.

Assim como sua xará americana, justifica lindamente o apelido: Pocahontas quer dizer algo como "metida", em livre tradução da língua dos índios powhatan. Nada mais adequado à ostentação funkeira da intérprete de hits como "Mulher do poder" e "Casa dos machos".

Com a Pocahontas, a batida é assim: "É salão de beleza, roupa de marca, sandália de grife no pé./ Bolsa da Louis Vuitton, sonho de toda mulher".

Repare na cena: cartões de crédito na carteira, notas de cinquenta como leque, um trato de bobes no cabeleireiro, luxo e riqueza para as massas, baby.

Grazi Massafera

Um baile nos sentidos do homem

Grazi é insubstituível, inenarrável, incatalogável, arrasável e tantos e tantos outros adjetivos possíveis e impossíveis, aceitos ou não pelos dicionaristas de plantão, como na minha declaração pública na revista VIP.

Grazi, casa comigo. Comigo e com a torcida do Flamengo e do Corinthians. Existe solteira mais desejada no momento? Não tenho notícia. A concorrência é descomunal. Sonhar, porém, amigo, é de graça. Sonhar de olhos bem abertos.

Grazi solteira, me belisca, talvez até o leitor chegar ao final deste capítulo a realidade seja outra.

"Grazi repensa a vida na serra gaúcha", fico imaginando a chamada em revistas especializadas em celebridades.

Esqueça a fofoca. Grazi nunca cairá no conto da fera ferida, Grazi está mais para "broto, você é massa", aquele verso de Caetano safra 1978, quatro anos antes dessa sereia de Jacarezinho, Paraná, chegar ao mundo.

Broto, você é muito, para seguir no mesmo embalo de repertório. Grazi é mulher que mantém no sorriso o brotinho do interior como criatura flamejante no juízo dos moços. Grazi é aquele baile de domingo, a mais linda da formatura, a rainha de todas as festas dos melhores produtos agropecuários do norte do Paraná e do Brasil inteiro.

Grazi é o telúrico e o bíblico, essa associação interiorana do Brasil da uva, do Brasil do milho, do Brasil do trigo. Sempre entre a beleza e a fertilidade do campo para orgulho dos homens de boa vontade.

O baile de *Peggy Sue, seu passado a espera* no túnel do tempo do filme do Francis Ford Coppola, de 1986, lembra muito Grazi. A situação de tal fita rapidamente nostálgica: mulher mais linda no melhor vestido enfeitiça geral o salão e tem o poder de mudar o destino. O dela e o dos outros. Um incêndio de testosterona entre os garotos que a cobiçam, um balde de água fria na inveja das demais debutantes.

Grazi é esse baile em todas as outras. Um baile para os cinco sentidos de um homem. Só nos resta louvar seu Gilmar e dona Cleuza, os responsáveis pelo DNA da moça. Ele pedreiro, mas com vocação para Niemeyer em matéria de fazer filha; ela costureira, uma espécie de Coco Chanel de Jacarezinho na arte de moldar uma criatura.

Não basta, porém, ser uma bonequinha de luxo, como nos sopra, profissionalíssima, a filha de Gilmar e Cleuza. Desde cedo ela sabe disso. Aos oito, estava na passarela do concurso Boneca Viva. Queria o seu lugar no mundo. No papel de miss paranaense, daquelas que ainda liam *O pequeno príncipe*, sabia, como ninguém, que você é eternamente responsável por aquilo que cativa.

Na quinta edição do *Big Brother Brasil*, em 2005, Grazielli cativou a audiência com o seu jeitinho sexy e simples de moça do interior e com toda a beleza exterior que Deus lhe deu – afinal de contas, meu caro Saint-Exupéry, o essencial é invisível aos olhos, mas nem tanto, não exagera.

A boneca viva de Jacarezinho sairia daquele confinamento com o segundo lugar – perdeu para o atual deputado baiano Jean Wyllys – e um certificado de longevidade na fama. Nada da profecia pop dos quinze minutos. Trata-se da mulher mais bem-sucedida egressa de um BBB. Grazi saiu da casa mais famosa do país imunizada contra a síndrome da celebridade-relâmpago.

Depois disso, todo mundo já sabe. Ela só nos cativa. Seja nas novelas, seja nas capas de revistas – Grazi, a mais sexy do mundo, como a filha do seu Gilmar foi eleita, justiça seja feita, em edição de 2009 da VIP. Ao transpor todas as fronteiras de uma superbonita, neste momento Grazi deve ter lembrado de novo de O pequeno príncipe e a sua filosofia por um mundo sem limites geográficos.

Nosso tesão por você é universalíssimo.

Mas para se manter à prova da fugacidade da fama, a boneca viva de Jacarezinho sabe que precisa estar sempre aprendendo uma coisa nova. Ela não é de fingir cara de conteúdo. Basta um plantão na livraria Argumento, no Leblon de Manoel Carlos, para testemunhar a solteira mais cobiçada do país saindo cheia de livros e filmes, incluindo no pacote até o sofisticado Zabriskie Point (1970), de Michelangelo Antonioni, como vi em uma revista.

Como se não bastasse, a mulher com a qual mais se sonha no Brasil ainda vê filme cabeça. É sonho, me belisca. Imagina uma sessão caseira com a moça. Ao lado da Grazi eu veria até faroeste nacional.

E você, amigo que curte futebol, não sabia que Grazi nasceu durante aquela fatídica Copa do Mundo de 1982? Só pode ter sido uma compensação divina para a tragédia de Sarrià, quando uma das melhores seleções brasileiras de todas as eras sucumbiu diante da esquadra Azurra. A equipe italiana desbancou a orquestra de Falcão, Zico e Sócrates, tendo o maestro Telê Santana como regente. Estávamos vingados e não sabíamos. Nascia em Jacarezinho, naquele mesmo período, com sangue italiano e brasileiro, a bonequinha Massafera, ufa.

Deve ser por isso que Grazi sempre gostou de se enfeitar para ver os jogos do time canarinho. Sim, amigo, ela ainda entende de futebol e tudo. Será que também preenche, na ficha do hotel, o quadradinho "solteira" a esta altura? Duvido. De qualquer forma, deixo o último apelo, em coro patriótico com os marmanjos de todos os rincões deste país: casa comigo. Nem que seja de brincadeirinha.

Maria Beltrão
Breviário pela simplicidade radical da vida

Ai, como eu queria me atirar no colo da Maria, com ou sem câmeras me jogaria, e de lá não sairia nem com ordem da promotoria.

Só rima pobre eu faria, para contrastar com a riqueza divina que ela encerra, Maria ostenta tão somente por ser ela mesma, a mim Maria se basta, lindeza, vinde a mim, Mariazinha, como em um rondó do Bandeira.

Aquela maciez, aquela tez, aquela prosódia, aquela lábia, aquele cantinho gostoso para passar o fim do mundo...

Amaria, profundo, faria mil cordéis e redondilhas, treinaria até os sonetos de Shakespeare, te daria casa, comida e roupa lavada, no mínimo dos mínimos, tu poderias largar a Globo News.

Sim, sei que não precisas, melhor ainda, afinal de contas és uma mulher pra frentex, mas te dou tudo isso só por perversão e fetiche do supérfluo, manjas?

Derramado, jamais melífluo, te prometo: o luxo da vida é dar na falta de precisão mesmo. Te dou não por dever, te dou porque preciso. Te ofereço tudo de bom deste mundo na contramão da oração de São Francisco...

Ai, como eu queria me atirar no colo da Maria, com ela a vida se desburocratizaria, como na mais linda e paterna utopia. Com ela, este pobre cronista dentro de um sorriso moraria, com ela me sentiria um lírico Vinicius ou um punk Sid Vicious.

Vamos viver de brisa no Nordeste, Maria, como Bandeira e Anarina, peste! Lá a vida tem muito mais serventia.

Meu país seria teu colo, minha única geografia, subiria até tua boca para dar boa-noite, boa-tarde e bom-dia, subiria mais um pouco, às tuas oiças, para dizer as coisas misteriosas que arregimentam uma vida.

De tarde, cafunés, sem vida televisa; de noite aos teus pés... Ai, como eu queria, Maria, lar, doce lar, adeus, velhos cabarés.

Luana Piovani

Só com a ajuda do Verissimo

Fico tão sem jeito com essa mulher tão grande que prefiro plagiar as cantadas do confrade Luis Fernando Verissimo. Plágio de cantada não é crime, reza o código dos homens de boa vontade. Sempre repetimos a cantada que deu certo, nisso o canalha, *data venia*, é considerado inimputável.

Então, Luana, faz de conta que estaremos aqui nesta ilha deserta para o resto da vida. Me xinga, me chama de coqueiro inútil, incapaz de um farfalhar que te faça dormir feliz. Pinta um bigode de carvão, como na piada de boteco, e deixa eu te contar que estou transando com a Luana, poxa. Me esculhamba, tens 140 caracteres para riscar na areia, agora me chama de Robinson Crusoé sem Viagra e sem radinho de pilha.

Ninguém vai acreditar mesmo, Luana, nessa piada de botequim que vale pra você ou para a Sharon Stone. E que graça teria ficar com uma das duas se os amigos não tomassem ciência? Nenhuma.

Agora falando sério, sem o piadismo ridículo. Fico tão sem jeito diante de uma mulher tão grande que começo a cantá-la na farofa do Natal, volto a tentar na ingrata Quarta-Feira de Cinzas, atravesso os quarenta dias no deserto da Quaresma e, quem sabe, levo mais um toco lá na quadrilha junina, ainda com a cantada em andamento, a cantada como eterna obra aberta.

Melhor mesmo, no caso da Luana, recorrer aos bons camaradas. Além do Verissimo, peço ajuda, humildemente, ao homem que recriou a mulher no seu divino traço, o ilustrador Benício, esse é do ramo: "A Luana Piovani poderia ser listada como uma musa atual", disse. Quem sou eu para contestações infundadas? Falou e disse.

Thaís Araújo

E tudo nesse vinho mais se apura

Como pode?

Um escândalo de atriz moderna. Difícil encontrar outra tão grande em nossa frente. Naturalíssima, como se apenas vivesse diante das câmeras. Passeia, anda, caminha, mira, mulher e menina, uma peste de tentação a cada pausa dramática.

E não é de hoje. Sigo essa carreira como um detetive que carece de pistas para decifrar um crime perfeito. Acabo de vê-la na tevê.

Que mulher é essa, meu Deus? Chego a passar mal. Passo mal à vera. O jeito é dizer para mim mesmo, biblicamente: Levanta-te e anda, Lázaro – sem trocadilho, faz favor, com o batismo do vosso amado marido.

Simplesmente não aguento tanta beleza de uma só vez. Seja na tela, seja nos sonhos para lá de 24 quadros por segundos.

Resisto bravamente para continuar esta crônica. Arrepio. Ponto, parágrafo.

É negra é negra é negra a tua presença. Sempre que te vejo, essa canção de Caetano Veloso sobe ao céu da boca, gruda no palato, escorre. Canto baixinho quando te miro na tevê ou te folheio nas revistas. Assobio, em alto e bom som, qual um João do Rio, *flâneur* pela rua do Ouvidor e alhures.

É negra é negra é negra a tua presença.

"E o sangue chama o vinho negro e quente
Do pecado letal, impenitente,
O vinho negro do pecado inquieto."

Haja referências, mas quando te vejo penso mesmo em sonetos simbolistas de Cruz e Souza.

Penso em chamar meu amigo e poeta Marcelo Ariel, gênio, para compor uma ópera lá na Baixada Santista.

O Brasil sempre em dívida antiga com a novela da história. É negro é negro é negro o teu protagonismo. Xica da Silva, black Helena do Leblon, Preta, de *Da cor do pecado* (2004), a novela. É negra é negra é negra a tua quebra de tacanhas regras, totens e tabus. É como nos versos de Cruz e Souza:

"E tudo nesse vinho mais se apura,
Ganha outra graça, forma e formosura,
Grave beleza d'esplendor secreto."

Recitaria para ti uma noite mais mil, como na narrativa árabe.

Cléo De Páris

Crença da existência do Sol aos olhos maltrapilhos

Bora logo fazer um acerto de contas com Deus.

Começo roubando um texto de quem sabe das coisas terrenas e das coisas religiosas, o cara que considero, o cara que escreveu a peça genial chamada O *que restou do sagrado*. Com a palavra, o grande dramaturgo Mário Bortolotto: "Imaginem essa garota chegando de Paris, invadindo os porões do rock underground gaúcho, rolando no chão do palco de calcinha e babydoll. Loura fetiche Fausto Fawcett total. Pelo menos é o que eu ouvi falar e não tive o real interesse de perguntar pra ela se é verdade. A velha história de 'se a lenda é boa...'".

Que dizer mais?

Essa é Cléo De Páris, baby, e estamos conversados.

Imagine essa mulher nas peças do grupo Os Satyros, uma das maiores experiências dramáticas brasileiras de todos os tempos.

Imagine essa loira capaz de todos os distanciamentos, máscaras, potências, delicadezas, erotismos, sadismos, proximidades, incertezas, tudo, tudo outra vez e de novo!

No que ouvi de um mendigo – ou seria apenas um homem pobre, avulso, a vagar na praça Roosevelt, SP?: "O amigo sabe dizer se o Sol veio hoje?".

Cléo era a ideia do Sol daquele homem.

A crença no dia passa por muitas coisas. Só agora conto pra ela essa história.

Marina Lima

Assim você acaba me conquistando...

Marina canta uma canção para homens e mulheres, talvez Marina cante o involuntário hino para a diluição final dos gêneros, sem panfleto, talvez no timbre, talvez no que sabemos de Marina, duas ou três coisas que vislumbramos da sua presença no mundo – ou terei lido no livro dela? –, quem sabe Marina seja apenas uma pássara em desassossegado voo de mãos dadas com o poeta Antonio Cicero, vos digo, mas o que me pega é aquela voz rouca de quem perdeu o caminho de casa por simples coerência, uma marinada de errâncias, antologia das completas sobras, o riso econômico do artista que guarda um foda-se ao mundo, Marina que deixou o Rio, Marina que arrasta Ipanemas e Leblons pelas alamedas de São Paulo, os mares a Marina obedecem, porque Marina canta por causa das elipses ou da firmeza dos pés no palco, a escavação da mulher-abismo, a vala comum para enterrar o desejo.

Chega.

"Enlouqueço", diz a minha mulher de outrora, em um show em São Paulo, precisamente.

"Pegava?", pergunto à minha mulher, ora.

"Ô!!! Pego até tu que és *hombre*!", ela diz com graça, minha linda mulher mexicana.

Assim você acaba me conquistando. Marina canta.

Luisa Moraes

Ela é tudo isso mesmo, rapaz

Vem cá, Luisa, você ainda está fazendo aquele curso na Universidade Harvard? Sim, aquele sobre literatura e sexualidade. Vi na revista RG. Estavas lendo *O amante*, em inglês, óbvio, a língua em que foste alfabetizada, em Los Angeles. O livro da francesa Marguerite Duras fazia parte do currículo.

Luisa em uma palavra? Requinte é ainda pouco para defini-la. Luisa aprecia as obras do artista Lucian Freud e cita o filósofo francês Michel Foucault como quem bebe uma Coca-Cola ou uma água de coco em um quiosque de Ipanema. Cita com a naturalidade de quem suja os pés de areia na praia.

Luisa é da novela de Manoel Carlos e já pôs um pé em Hollywood. Na companhia dos atores Anthony Hopkins e Colin Farrell, atuou no filme *Solace* (2014). Eis o nível. Com Kanye West e Jay-Z, a modelo cada vez mais atriz está no clipe da música "Otis". Sorte dos meninos.

Outro dia vi a Luisa em São Paulo, nos Jardins, e, sob a sensação de fervura testosterônica a mil graus, refleti: Luisa é uma inteligente gostosa, muito inteligente e demasiadamente linda e gostosa. Não uma gostosa que se passa por inteligente. Está na cara e em toda a sua lição de anatomia.

Luisa é tudo isso mesmo. Perdão. É tão mais que esta crônica devota não abarca. Vê se me ajuda, caro J. R. Duran, só você tem a manha, afinal de contas fez as fotos mais bonitas da moça. Sim, aquela da capa da *Status*, aquela meia-calça, meu velho, aquilo, sim, é arte. Mais uma vez, papa Francisco, te rogo: canoniza esse J. R. que ele merece!

Só posso concluir com um verso da tua lavra, Luisa: "A fome domina profunda em mim".

Sem fôlego, me despeço, traz a bombinha, enfermeira, que a asma do amor me castiga.

Fernanda Lima

O eterno retorno do alumbramento

No nosso encontro-entrevista inaugural, já mandei: pedi logo em casamento, mas apenas na inevitável crônica do amor louco que sairia dias depois na revista *Elle*, antes mesmo de o vestido de noiva ficar pronto. Amar à primeira vista qualquer vagabundo ama; mas tão somente os abusados pedem em casamento de cara, à primeira vista.

Naquela modelagem toda mundo afora, no começo dos anos 2000, tu corrias Europa, Ásia e Bahia.

Embora não fosse para o meu caminhãozinho do afeto capaz de muitas e humildes viagens, pensei de cara: moça para andar de mãos dadas, passeio no parque Farroupilha, maçã caramelada, aliança de noivado e todos os rituais românticos que gente moderna, por insensatez, recusa.

Tu cheiravas a amor e papaia. Devoravas, aliás, mamõezinhos em série durante a entrevista em um pequeno apartamento no Itaim Bibi, São Paulo, lembras? No mesmo embalo, passei mal ao testemunhar a sessão de fotos para a revista, na fria piscina do prédio da Editora Abril, marginal Pinheiros, inesquecível, quase que não volto mais para a vida normal de repórter político-policial lá na Barão de Limeira.

Mal sabia que dali por diante este cronista iria passar cada vez pior. Qualé, guria? Como podes?

Estás cada vez melhor e mais mulher, cada vez melhor porque mais mulher, sei lá, aquele efeito Tostines que não cabe aqui neste louvor *très romantique*.

Isso sim é uma mulher padrão Fifa. Na boa forma da referência, da excelência, da comparação que deveria prevalecer em tudo no nosso país, como bem me disseste. Na saúde, na educação, na educação sexual, reforçaste, na tua sincera tese e proposta.

O resto são os detratores e o velho pecado capital da inveja!

Uma mulher "a foder", como dizem na terra da esplendorosa guria. Explico, qual um professor Pasquale do amor e do sexo: "a foder" é algo hiperbólico, um elogio, uma louvação, não automaticamente o que sugere o infinitivo do verbo. Nossa língua portuguesa e as incríveis e pervertidas diferenças brasileiras.

Agora todo mundo entende. Bá, como ela é incrível, passo mal a cada segundo, até pedi um adicional de insalubridade por trabalhar perto dela. A insalubridade ao contrário. O risco de morte, "mate o véio", como cantou, para nós dois, o forrozeiro sacana Genival Lacerda ao sentir minha devoção sem fim por ela durante uma gravação do programa *Amor & Sexo*.

Cada vez é como se fosse o alumbramento inicial, uma capacidade que nem a física quântica explica.

És capaz de oferecer uma nova possibilidade mesmo para um antigo olhar de quem te olha sempre. Já sei, matei a charada: quem te olha não tem direito a replay. Sempre verá uma graça nova mesmo a cada ângulo e bater de cílios.

Somente algumas raras mulheres – pensei agora em Ava Gardner – conseguem esse milagre. Que os homens renovem o olhar cada vez que pisquem. Isso é incrível. É um decreto lírico e determinado contra a rotina, essa ingrata, capaz de banalizar nosso olhar para o que mais amamos na vida.

É como se tua beleza exigisse naturalmente filmes virgens das máquinas dos nossos olhos polaroides. Flash.

Para completar, guardas o encanto radical das tímidas vocacionadas. Por isso é lindo observar que tu ruborizas, mesmo que mentalmente, a cada jeitinho na existência.

Nada detém a beleza de uma tímida por vocação. Não há passarela no mundo nem familiaridade com a tevê que cure a timidez crônica. Graças a Deus. É esse dom que te faz cada vez mais mulher-melhor ou melhor-mulher.

Só a tímida por vocação é capaz de fazer um grande espetáculo da beleza pública e nos provocar como se fosse sempre a primeira vez. Só há desejo na tímida, mesmo na televisão, mesmo que esse desejo seja democraticamente dividido com toda a massa. Só a tímida excita os lares, doces lares, só a tímida existe. A artista despudorada é uma desgraça para o desejo dos homens.

Passo mal, passo bem.

Com alguns tipos de beleza a gente não se acostuma nunca, sempre avista com as lentes da surpresa e o balãozinho de "uau!" sobre nossas cabeças carecas na eterna HQ do desejo, como se fosse uma história em quadrinhos do Manara ou do Guido Crepax e a sua gostosa personagem Valentina.

Como é lindo, desde aquela papaia da primeira entrevista, estar sempre por perto de ti, guria, passo mal, passo bem, dessas duas sensações se faz um homem com toda passionalidade, suas sístoles e suas diástoles.

Mariana Ximenes

Todo canalha é um masoquista diante dela

Loira, morena, ruiva, vedete, vilã, mocinha, heroína, no cabaré, no teatro, na tevê, no cinema ou deliciosamente como cachorra chique da laje na capa da revista VIP.

Não importa o papel ou a concepção de feminilidade envolvida, a categoria é a mesma dessa mina da Vila Mariana, São Paulo, que adotou o Rio de Janeiro por labuta e glória artística.

Brasileiríssima, com um pé materno no Nordeste e um paterno na Itália paulistana, paçoca no pilão e pizza, caipirinha de seriguela como sugestão proustiana pra lembrar as travessuras de infância na casa da bisa cearense de Groaíras.

Esteja onde estiver, por terra, mar e ar, a mulher Mariana deixa o seu rastro de elegância e um coro grego de suspiros dos homens pelo caminho.

Platinada, no espaço sideral, MX daria um belo personagem de ficção científica, uma Barbarella ultramoderna, tesão intergaláctico... Morena, seria a nova Dale Arden a deixar Flash Gordon aos seus pés.

Camaleônica, MX muda de paleta de cores, muda de planeta, muda de fase e se refaz na fartura do *glitter* como se tivesse brincado de ser David Bowie somente para matar o tédio com sarcasmo e *glam* rock.

De Mariana dá vontade até de levar uns tapas, de ser humilhado diariamente, mesmo que você seja ainda um macho-jurubeba, o macho à moda antiga. Esteja ela no papel de cachorra, vedete ou musa. É que realmente levei uns bons tabefes e safanões da atriz na filmagem do clipe da música "Passione", do cantor e compositor Junio Barreto. Dublê de mim mesmo, representava um canalha lírico e sentimental pelos bares da rua Augusta.

Todo canalha gosta de apanhar. Desculpa, só os canalhas sensíveis. E se os tapas forem de Mariana Ximenes.

Paula Braun

O cheiro do desejo

Como começar a falar da Paula Braun, no meu mundinho de elegias afetivas, sem falar da tara do gênio chamado Lourenço Mutarelli, um dos maiores escritores brasileiros, quadrinista idem, por belas bundas.

No tempo em que a gente fez uma viagem de trabalho para Brasília, lembro, Mutarelli me mostrou cada bunda linda na galeria de imagens do seu celular ainda pré-histórico. Haja bunda. "A bunda, que engraçada./ Está sempre sorrindo, nunca é trágica", sob a lente lírica de Carlos Drummond.

E haja Mutarelli a mostrar aquele cineminha de belos e brasileiríssimos latifúndios dorsais. Moças de todos os naipes, com destaque para as extraordinárias balconistas de São Paulo, como são lindas as bundas comerciantes, as bundas comerciárias, as bundas na fila do restaurante a quilo.

Aí estamos entre a ficção e a realidade de O cheiro do ralo (2007), do diretor Heitor Dhalia, baseado no livro homônimo de Mutarelli. Foi então que conheci Paula Braun, a protagonista feminina do filme, no qual atuavam Selton Mello, o próprio Lourenço e até este cronista, como dublê dele mesmo, tentando vender uma garrafa poética, portanto desnecessária, para o enfezado homem do ferro-velho.

Lá no set de filmagem, digo, no local do crime, no bairro da Mooca, São Paulo, conheci a Paula, sempre tendo como guia o amigo Lourenço.

Agora, sem essa de metonímia dorsal – a parte da obsessão do filme pelo todo. Paula é completa. Completamente embelezada de nascença.

Corta da Mooca para o Leblon. Quis o destino que eu reencontrasse Paula em 2011, rodriguianamente falando. Eu fazia o ciumento Olegário, cego de ciúme em uma cadeira de rodas. E ela, pasme, fazia a Lídia, o motivo da minha desgraça. Era apenas uma leitura dramatizada da peça *A mulher sem pecado*, uma homenagem do Midrash Centro Cultural ao centenário de Nelson Rodrigues.

Errei todas as minhas falas, obviamente, diante de Paula, diante das tantas mulheres que ela é sendo uma só. Paula que escreve peça, Paula que atua no teatro, Paula do filme e Paula da novela. Paula que instiga os homens e acalma os meninos e ainda deixa sobrar muita Paula para ser linda como só ela.

Lívia Mattos

Um desenho de Carybé

A primeira tentativa de defini-la nas letras: uma graça meio ameríndia extraordinariamente brasileira. Nada mau, compadre, o caminho é por aí.

"Um desenho de Carybé, uma baianita cheia de axé", agora uso de empréstimo poético o compositor Walter Queiroz, o genial aluado-mor da baianidade.

Sem mais arrodeios ou rasteiras no leitor, com vocês, distinto público, Lívia Mattos, a rainha do baião lunático.

Outra tentativa de bem decifrá-la: pense numa mistura improvável de mouro com baiano. E haja espetáculos de cabaré sob as lonas mambembes do Picolino. Depois, Lívia foi trapezista, *panis et circenses*, e assim vamos conhecendo vida e obra da moça.

Todo e qualquer passado rico e aventureiro mexe com a libido e os pensamentos imperfeitos de um homem. Viver não tem rede de proteção mesmo, como me disse, certa madrugada soteropolitana, o amigo Fábio Lago, ali nas bandas do Mercado do Peixe. Segundo o ator baiano, foi Iemanjá que soprou a filosofia, eu acredito, era 2 de fevereiro.

Todo e qualquer passado aventureiro, principalmente em um circo, mexe com as minhas vontades escondidas. Já perdi uma grande mulher para um palhaço – tenho o fotógrafo Otavio Sousa por testemunha no Recife. Não sei o que significa essa confissão agora, esse inconsciente me pega na curva enquanto te reparo, Lívia, tocando um instrumento.

Juntaste teus trocados, empenhaste tua correntinha de ouro besouro e foste comprar, para o espanto dos bestas, uma sanfona – uma bem peba, mas que deve ter virado rapidinho uma italiana Scandalli, com mais de 120 baixos, tão logo os músicos bons desta nação botaram os olhos e ouvidos em tua dominguística pegada.

Danada!

Pensas que não te vi na Virada Cultural de São Paulo, em 2010, na performance "Sanfona aérea", tu tocando pendurada por uma tirolesa a não sei quantos metros de altura? Falaram em cinquenta metros. Duvido. Estavas era na beiradinha do lóbulo cansado, de tanta demanda, da orelha de Deus.

Juliana Paes
Boa como ela não há

Quem não quer vê-la o tempo todo? Eu mesmo que não sou besta, assim como o povo brasileiro. No *remake* da novela *O astro* esteve incrível, só o misticismo de tal dramaturgia televisiva explica, meu caro Freud. *A justiceira de Olinda*, episódio da série *As brasileiras* (Globo), do diretor Daniel filho, outro estouro nos lares. Aí vem a versão anos 2000 do Roberto Talma para *Gabriela* e faz a moça se arranhar nas telhas baianas de Jorge Amado de modo a abrir goteiras sem fim sobre o desejo dos homens mais pacatos.

Tempestade.

Seu Dorival Caymmi tem razão de sobra naquela trilha que embalou a morena na novela: "Todo mundo diz que é boa,/ mas como a vizinha não há".

Ninguém encarna melhor a vizinha sestrosa e gostosa, instituição tombada no imaginário popular dos trópicos, bem imaterial da humanidade, como essa criatura fluminense do Rio Bonito.

Não é pouco, é requinte-mor da brasilidade, louvor que daria mil teses antropológicas. É morena para um banquete do homérico desejo coletivo da taba tupi, é morena capaz de ressuscitar as sábias safadezas de seu Darcy Ribeiro e de todo o socialismo caboclo.

Todo mundo diz que é boa, mas ninguém mexe tanto com o nosso juízo – seja o de um austero trabalhador, seja o de um cavalheiro delirante.

A vizinha é o que há. É o nosso desejo pulando o muro que separa os quintais e os limites. Além, muito além dos lares, doces lares voa a imaginação dos homens.

É a ola à espanhola no botequim da esquina, o barulho dos marmanjos que não se aguentam, o "ô, lá em casa", em suspiro e revolução permanente, quando ela cruza o nosso destino nas calçadas.

Todo mundo diz que é a tal, mas ninguém se garante como esse monumento vivo aos homens de boa vontade. Um desejo de todas as classes. O despertador dos trabalhadores de terra, mar e ar. A paz de espírito dos adoráveis vagabundos.

Maitê Proença

A verdade acerca do amor

Como não nos resta mais dúvida de que a moça é tudo aquilo que nós vimos mesmo, tesão e talento na televisão – em novelas como *Dona Beija*, *Guerra dos sexos*, *Passione* etc. –, falemos da mulher de teatro, a autora de *As meninas*, a protagonista de tantas outras dramaturgias, a dama do Cine Shangai do filme homônimo dirigido em 1987 por Guilherme de Almeida Prado etc. etc.

Poderia ficar horas falando de Dona Beija e suas aventuras em Araxá, quem pode esquecê-la domando a caretice daquele mundo?

Uma Maitê de trajetória sem discussão em todas as artes. Uma Maitê escritora competente até a última sílaba tônica.

E uma Maitê, bem, uma mulher amada por outros escritores...

Tremendo ciúme desses escritores que chegaram antes e se derramaram de amores por Maitê. E o pior, para este pobre cronista, foi uma trinca muito da competente. Derrota maior ainda: sou leitor e admirador confesso dos rapazes. Só me resta plagiá-los nas louvações, adaptá-los ao meu lirismo chinfrim, voltar pra casa chupando o frio picolé da inveja nesta noite em Copacabana.

Repare nos nomes dos admiradores da atriz e da escritora: o brasileiro Carlos Heitor Cony, o angolano José Eduardo Agualusa e o português Miguel Sousa Tavares.

O Sousa Tavares, então, essa pena de requinte e estilo, jogou pesado, e como poderei arriscar em novos derramamentos? Ele diz: "Aprendi neste livro de crônicas da Maitê Proença que as mulheres também choram, não são só os homens. E, como mostra a escrita exposta da Maitê, choram com as coisas normais que fazem chorar os seres humanos: a dor da perda, a saudade, a solidão, o ciúme, o amor, a traição, o abandono".

Loas daqui e de além-mar. A única coisa a fazer, meu velho Bandeira, é, um tanto quanto *borracho*, cantar um tango argentino sob a janela dela no edifício Chopin, ali colado no Copacabana Palace, um tango como serenata e desconcerto, um tango à guisa de canção desesperada, um tango em portunhol selvagem.

Quem sabe, à beira do abismo, me cresçam asas, quem sabe, quem sabe desperto a piedade do síndico, quem sabe recorro a tuas amigas Antonia Pellegrino ou Sônia Soares, quem sabe elas me confortam e me contam novas histórias das tuas aventuras na Índia, quem sabe...

Tudo por um assento no clube dos escritores hedonistas admiradores de Maitê, uma vaga que troco por todas as cadeiras da ABL, todas as cerimônias do chá para molhar o biscoito ou a sinédoque.

Ah, cáspite, além de plagiar Cony, Agualusa e Sousa Tavares, mandarei agora, de punho próprio, o começo de um poema do W. H. Auden, sei que aprecias:

"Ah, diz-me a verdade acerca do amor.
Há quem diga que o amor é um rapazinho,
E quem diga que é um pássaro;

Há quem diga que faz o mundo girar,
E quem diga que é um absurdo,
E quando perguntei ao meu vizinho,
Que tinha ar de quem sabia,
A sua mulher zangou-se mesmo muito,
E disse que isso não servia para nada".

Serve, sim, Maitê, serve para te deixar essa missa de corpo presente, para assinar embaixo, dou fé, serve para o dito, o não dito e, principalmente, para a crença de que cada manifesto amoroso é único, mesmo quando beira o plágio, como este.

Ana Beatriz Barros

A moqueca de maridos

E pensar que foi somente ao escrever uma breve crônica, encomenda de Erika Palomino e Jackson Araújo para a extinta revista *Moda*, da *Folha de S.Paulo*, que me vi perdidamente em estado de alumbramento e desordem testosterônica.

E pensar que estrelavas uma campanha publicitária da Forum, 2003-04. Na pele de dona Flor, a criatura amparada por dois maridos. A dama baiana da "bunda rebolosa" e dos "peitinhos durinhos", como na abordagem popular dos homens do livro de Jorge Amado.

Já eras top internacional, mas só me importava aquele teu papel na safadeza dos trópicos. Entre Teodoro e Vadinho, tesão privado, encoxadas públicas.

Ah, não faz assim... Mas lá vem a danada de novo, a nos deixar comovidos como o diabo, a nos deixar em apuros, a destruir platonicamente nossos lares, mesmo de longe, mesmo em Nova York ou Londres. Loura ou morena – que importa? –, lá vem o Brasil que se miscigena, a sangue quente, como a voltinha da passarela, que mais parece, Deus nos acuda, uma viradinha (safada...) de tapioca na frigideira da tapioqueira de Olinda.

Ana... Beatriz... Barros... Livrai-nos de tantos suspiros e de indecifráveis hiatos.

Pra que tanta altura, meu Senhor do Bonfim, meu Jorge Amado? Que dona Flor é essa, seu Teodoro e seu Vadinho? É mulher demais, sô, para vossos terreiros. A criatura vem lá de Itabira, terra de Drummond, Itabira de Mato de Dentro. É mulher demais, um metro e oitenta que não cabem em nenhum romance, e ainda sobra perna para uma elegia, um soneto, um acróstico-girafa.

E que ilíaco! Ossinho pronunciado, lição de anatomia... Pudera, o manequim é calibre 38, a nos deixar docemente mortos. É mulher demais, Vadinho e Teodoro precisam de duas viagens. Essa mineira é o verão na banca de revista: faz inglês deixar de ler tabloide e brasileiro se esquecer de más notícias.

Carla Camurati

No olho mágico do amor

Tem um teste que a gente faz sem querer entre os cavaleiros da távola redonda de qualquer boteco ou taverna. Joga o nome de uma grande mulher na roda. Por exemplo: do nada, você pronuncia, assim, "Carla Camurati", pronto. Carla Camurati.

Não fui eu que provoquei dessa vez. Abri apenas a sessão de suspiros, hiatos, sustenidos, elipses de tirar o fôlego, onomatopeias, tapas na mesa, cumprimentos como gols de placa e outras taradices, loas e admirações variadas sempre com três exclamações ao final da frase.

Carla Camurati. Alguém pronunciou tal abençoado batismo. Donde, um tanto quanto alto nos tragos, saltei, altaneiro e milagrosamente: *O olho mágico do amor* é o maior filme de todos os tempos. As crianças da mesa haviam perdido o bonde.

Repito: *O olho mágico do amor* é um filme de 1981, dirigido por José Antônio Garcia e Ícaro Martins.

Nunca vi nada igual em minha vida. Camurati, suburbano coração, é secretária do Sérgio Mamberti. O chefe sai e ela tem, a favor do voyeurismo e da razão de existir, um buraco na parede que dá para a casa de uma puta, a gostosa da Tânia Alves, extraordinaríssima no papel.

Foi aí que me apaixonei, mas Camurati é uma infinitude. Atriz de responsa, diretora idem da retomada do cinema brasileiro, *Carlota Joaquina* (1995), *Copacabana* (2001). Daquele tipo que cobra escanteio e corre para ela mesma cabecear. Já escreveu, atuou, produziu, filmou, distribuiu, ufa.

Uma janela d'alma para um jardim, que linda.

Negra Li

Negra linda e tudo mais que houver nesta vida

Meninas, eu vi: o olhar passional do Afrika Bambaataa, o deus do gênesis do hip-hop, para a moça da Brasilândia, zona norte de São Paulo. Era o inverno do ano da graça de 2013, no restaurante Café Journal, festa na área paulistana.

Como se diz na gíria das ruas, o todo-poderoso artista nova-iorquino da Zulu Nation, o cara do Bronx, pagou pau para a inteiramente competente, linda e tudo mais que houver de grandeza nesta vida, senhoras e senhores, pagou pau, como testemunhei, para ela, palmas, Negra Li, cantora, atriz, dançarina, solista, a mulher grande do rap ao R&B, do soul à MPB, a menina que cantava na igreja evangélica Congregação Cristã do Brasil, a menina que só cresceu, a menina que só cresce.

O relato acima, criaturas todas da zona norte, foi apenas um flagrante do olhar de um cronista, pois de Negra Li, meninas, eu vi, sabemos todos nós. Negra Li tem história, basta chegar e apresentar o conjunto da obra. Negra Li congrega, não carece de caô de macho algum, conta com o respeito e a reverência, da quebrada e de todas as classes. Negra Li é a sua própria assinatura no papel ou no cimento fresco de qualquer laje.

É redundante dizer que ela é linda, obra-prima do Deus pai que ela carrega na consciência, mas digo assim mesmo, comovido, repetitivo, chover no molhado também é epifania aos meus olhos vidas secas, estiagem é que não está com nada, estou fora, por mais que insista a moça do tempo.

Negra Li, negra livre, tudo de novo, talvez você sinta que algo especial vai acontecer, aqui escuto, reflito, matuto na cidade grande, você sabe, batismo do suburbano coração do soul no avexamento do mundo.

Maria Fernanda Cândido

Viagem ao coração da mulher

A vida da atriz londrinense Maria Fernanda Cândido é um livro aberto. Mas um livro que não entrega de cara os seus segredos. Vai dos olhos de ressaca da Capitu machadiana a Helen Palmer, o pseudônimo de Clarice Lispector para efeitos de consultório sentimental e dicas de etiqueta feminina.

À vontade no mundo dos livros, Maria Fernanda lembra a palavra "serenidade" ou a palavra "plácida". Quem sabe, a palavra "pacífica". Não, já sei. O verbo é ensimesmar-se, ensimesmamento, *ensimismarse*, como dizia o cavaleiro Quixote, nada ensimesmado.

Essa calma, só aparente ou não, deixa um homem pilhado para a existência. Talvez a gente caia no conto de que se trata de uma mulher que não se altera – como se fosse possível na face da Terra tal indecifrável criatura. Mas gostamos dessa ilusão que assanha o desejo.

Naturalíssimo que, sendo uma mulher irredutível a qualquer chute de palavra-chave ou personagem de livro, Maria Fernanda pode muito bem ser o avesso: o lá dentro do Universo pode ser mais maluco e passional – a palavra agora é intensa – do que a paixão segundo G. H., para voltarmos aos mistérios de Clarice.

A Maria Fernanda não se adivinha de véspera. Mas nada é mais prazeroso do que especular em torno. Tentemos de novo. Maria Fernanda deixa de ser Capitu e suas desconfianças. M. F. agora é aquela Severina do conto "Uns braços", do mesmo Machado. Os braços que paralisavam o menino na mesa de jantar, os braços que faziam do menino um homem, como em um romance de formação e passagem.

Quem disse que Maria Fernanda não tem um quê de Macabéa nos seus olhos baixos, como quem emerge e submerge diante das intempéries amorosas? Por que não? Especula-se que sim, naturalmente.

Há de haver a maior das vantagens em uma mulher que a gente não decifra com facilidade, mesmo se apoiando nos clichês dos papéis de uma atriz e no espelho televisivo que a reflete em nossos lares, doces lares. A própria especulação é a viagem delirante ao coração de uma mulher como esta.

Maria Fernanda é mais que um livro aberto, é uma encadernação vistosa, como na elegia de Péricles Cavalcanti e Augusto de Campos, é o tal livro místico do qual trata o poeta inglês John Donne. E somente a alguns a que tal graça se consente é dado lê-la.

Rê Bordosa

A maior anti-Amélia da humanidade

Rê Bordosa morreu para você, leitor ingrato e amador. Em um mundo de profissionais, ela renasce a cada manhã em que o monstro da ressaca aparece.

Ressaca uma ova, digo, a cada manhã de dengue existencialista – depois dos quarenta não é mais ressaca o termo técnico apropriado, é uma mistura do enfezamento do filósofo Jean-Paul Sartre com a epidemia tropical da estação.

A antimusa *junkie* saída de uma costela do cartunista Angeli continua lá na sua banheira eterna. Prefere vodca ao tédio, não muda, mas não encara mais a noite paulistana. Noite muito careta e coxinha para a porra-louca que mais aprontou na cidade nos anos 1980.

"Não nasci para ser a cura e sim a doença", ela repete o mantra.

Rê Bordosa, que segue viva na imaginação da resistência boêmia da noite de SP, reinou nas tirinhas da *Folha de S.Paulo* e na revista *Chiclete com Banana*, de 1984 a 1987, quando foi barbaramente assassinada pelo seu criador.

Bem feito, quem manda?

Do pó ao pó.

Virou manchete imaginária do também finado jornal *Notícias Populares*.

Morreu pra você, coxinha, morreu pra você que come cereais matinais, foge do glúten e corre no Ibirapuera.

Morreu pra você que pretende morrer com saúde.

Débora Falabella

Um mundo de sensações

"Tenho! Um mundo de sensações/ Um mundo de vibrações/ Que posso te oferecer/ Tenho! Ternura para brindar-te/ Carícias para entregar-te/ Meu corpo pra te aquecer..."

Na noite em que tomei uma inocente cachacinha com Débora Falabella, uma mineiríssima Germana, saímos a bailar com o Sidney Magal em uma pista de São Paulo.

Depois de rodopios trôpegos deste dublê de Fred Astaire da seca, arrisquei um mergulho no solo pátrio, como costumo fazer na noite dos bares, e, pasmem, beijei os pés da rodopiante dançarina.

Era apenas a gravação de um videoclipe do Magal, mas até hoje guardo o gosto daqueles dedinhos na memória gustativa. Era apenas um clipe, mas no meu amadorismo a atriz havia pulado da tela para o salão como em um filme de Woody Allen.

Mesmo depois de se tornar uma superestrela da tevê, Débora guarda, como a mais anônima das mineiras, um *je ne sais quoi*, um não-sei-o-quê-uai, se é que você me entende.

Observava outro dia em Belo Horizonte, terra da atriz. Você vê a mais moderna das moças de Minas, por exemplo, e além, muito além daquele repertório todo de modernidade haverá, quase sempre, um quintalzinho imaginário com uma pimenteira, uma sombra, uma pitada de arcadismo e contemplação. Como é bonito.

BH/São Petersburgo. Agora me permita, depois da experiência pop com Magal e da viagem ao mundo feminino mineiro, uma observação mais séria e aguda sobre a moça. Foi no encontro de Nástenka com o lobo solitário de *Noites brancas*, peça baseada no livro homônimo de Dostoiévski, que gamei definitivamente em Débora. Ela era Nástenka, óbvio, a inesquecível.

Nada mais foi dito nem perguntado.

Luciana Vendramini

Labareda em minha carne, velho Nabokov

Foi cara a cara com outras divas, em uma maratona televisiva, que Luciana Vendramini se revelou mais divindade ainda.

No plano e contraplano da tevê, ao enfrentar grandes damas do cinema como Aldine Müller ou Norma Bengell, Vendramini brilhou como uma Marilyn sob direção de um Billy Wilder – do filme *Quanto mais quente melhor* (1959) etc. Foi lindo, e dizendo assim você não acredita.

Vi todos os *Elas* da temporada, série de episódios que Vendramini comandou em 2013, no canal gringo TCM, com mulheres extraordinárias das artes brasileiras.

Depois daquele beijo... Outro momento memorável em que Vendramini "divou", para usar o verbo do tempo das redes sociais, foi no primeiro beijo gay da teledramaturgia do Brasil, na novela *Amor e revolução* (SBT, 2011-12). E que beijo. Inesquecível, como tudo que toca a essa mulher idem.

Não vi nada técnico naquele beijo, nem parecia um beijo de novela, foi um dos melhores beijos da tevê desde *Sua vida me pertence* (Tupi, 1951-52), drama pioneiro de Walter Forster.

Cena comovente, epifania da telinha. Vendramini cola lindamente nos lábios da atriz Giselle Tigre, falam a língua dos deuses, das deusas, de safos e de ninfas. Vendramini, dama como nunca, roça sutilmente o pé direito, em estiloso sapato em branco e preto, na perna de Giselle. Sem fôlego, a moral e os bons costumes berraram: corta.

Aquém, muito aquém daquele beijo de vanguarda, Vendramini já tinha seu lugar garantido na mitologia erótica nacional. Ainda aos 16, posou para *Playboy*, em 1986. Nem careceu pedir licença ao seu Genésio, o pai, lá em Jaú, no interiorzão paulista. Pensando o quê? A mocinha conquistara a emancipação legal, que a tornou independente de assinaturas e licenças paternas.

A então ex-paquita da Xuxa, estudante de teatro "e virgem no Rio de Janeiro", como revela, havia sido descoberta em Ipanema pelo olheiro Jackson Bezerra, à época um dos homens mais invejados pelos marmanjos do país – o jornalista ganhava a vida como *voyeur* profissional em praias, festas e lugares badalados.

Só nos restou, naquela brava segunda metade dos anos 1980, ouvir até furar o disco dos Smiths e nos permitir os devaneios mais febris. Só nos restou ler *Lolita*, de Nabokov, pensando nela: "Lolita, luz de minha vida, labareda em minha carne. Minha alma, minha lama. Lo-li-ta: a ponta da língua descendo em três saltos pelo céu da boca para tropeçar de leve, no terceiro, contra os dentes. Lo. Li. Ta".

A inabalável posição no altar dos desejos masculinos mais profanos – dos dezesseis até este exato instante ela continua reinando – obscureceu um pouco a grande atriz que Vendramini representa.

Antunes Filho, um dos mais respeitáveis e exigentes diretores de teatro em São Paulo, com quem ela trabalhou, sempre viu como sublime a atuação da artista. E é mesmo!

Na tevê, na revista, no cinema, no palco, no inconsciente coletivo de homens e mulheres, Vendramini em uma palavra: fetiche, e ponto. Passo mal à simples escrita desse nome, me abano, ligo todos os ventiladores gigantes do mundo, como aqueles de *Blade Runner*, o filme.

Tulipa Ruiz

O som da maciez de um colo

Quando ela canta, tenho vontade é de pular no colo dela, só para provar da maciez que me chama, ai, quem me dera...

Quando ela canta, eu vou todinho para onde o vento leva a voz, eu saio doido como o cachorro de Lampião, o Ligeiro, em noite de lua nova alumiada por lampejo de bala.

Vou até onde o vento faz a curva e, donde o vento faz a curva, eu volto, somente para provar o gostinho de ir de novo, acorde por acorde, milagre dos peixes na garganta.

E assim eu vou e volto, espinho de mandacaru como agulha no sulco das dores de um velho vinil sem ranhuras.

Clarice Falcão

Uma artista poderosa

Clarice nasceu no Recife no mesmo dia em que este cronista pau-de-arara deixou a Manguetown: 23 de outubro de 1989. E que diabos significa essa coincidência que só descobri agora? A resposta mais correta seria "nada", mas deixemos fluir, deve ter algum sentido místico, é bom que os movimentos do mundo não sejam vistos assim de forma tão objetiva.

O pior é se a Wikipedia, minha mais profunda fonte de apuração detetivesca, tiver errado a data da biografia da moça. Estarei mais lascado ainda, pois lá se vai a graça do gracejo.

Mas o certo e justo é que Deus senta praça nas coincidências, como disse o tio Nelson Rodrigues. Ele disse, está dito, pronto, entenderá a jovem Clarice que era isso que eu buscava, um flerte com o sagrado, pelo menos.

O certo é que Clarice nasceu no Recife e hoje habita, atriz, roteirista e cantora respeitável, a cidade do Rio de Janeiro, sucesso nos palcos e nos vídeos do Porta dos Fundos etc., tudo isso que bem sabemos.

O certo é que Clarice não é nada fofa. Discordo desse adjetivo ou advérbio de modo, gastado e desgastado a rodo para qualificar a moça. Ah, essa péssima mania de encobrir uma inteligência e uma atuação extraordinárias, vida e obra, com palavrinhas confortáveis. A menina é grande. Pronto.

Quer saber de uma coisa: Clarice Falcão é phoda com ph de philosophia.

Clarice mistura a personagem Amélie Poulain com a também atriz e cantora Zooey Deschanel. Mentira. Bola fora de quem acredita na mesma fofice equivocada. Clarice é infinitamente superior, meu rapaz, eu sei que não escreveste por mal, jornalismo carece dessas coisinhas, já cometi truques bem piores.

Matei essa questão de fofo ou fofa com muita facilidade. Primeiro: impossível nascer fofo ou fofa no Recife. "Muito pelo contrário", como no título da peça do dramaturgo João Falcão, o pai da moça, na roda desta ciranda crônica.

O certo como boca de padre e justo como boca de bode é que Clarice é o avesso disso tudo. Não confunda delicadeza com aquela bonequinha Fofolete da Estrela que era moda quando Clarice veio ao mundo.

Clarice, bandeiriana no último, tira onda do amor e do mundo, lero-lero que eu te quero, vida noves fora zero. Clarice, gata *sauvage*, artista poderosa.

"Da porra", como redundaria, para não deixar dúvida adjetivosa, um amigo dela ali na margem esquerda do Capibaribe.

Maria Luiza Jobim

Passarim de mim

Maria, menina, passarim, essas coisas que assobiam ali e você olha para o alto, cadê? Que perversa brincadeira, mulher! Tão linda no palco que quebra o galho da jardineira da camélia que morreu. Um modinho de cantar como quem acorda e tem que agradecer por não estar na gaiola moral das coisas.

Zolhinhos piscam do-ré-mis de vaga-lumes eletrônicos e miram a vagueza de existir na lua encoberta por encarnado celofane. Como a cadelinha Laika perdida no espaço sideral do foguete soviético. Minha querida *sputnik*. Tão "Sexy Savannah", como na música que cantas, blam, blam, blam – roubei o papel com o *set list* e a cola das letras naquele memorável concerto do Studio RJ, segundo semestre do ano de 2013.

Queres uma prova?

"Um carro passa
Nessa barba
Avião
A noite toda."

"Não vai rolar", letra de Jonas e Domenico, blam, blam, blam.

Luiza tão oriental, não sei como, deve ser coisa do Sakamoto, o maestro do Sol Nascente, na cabeça dela, no juízo da moça, cá nos tristes trópicos, só pode! Ou do Murakami, o escriba do jazz e das corridas.

Bobagem, meu bem, é coisa da tese do *Estreito de Bering*, boto fé. Reza a lenda que os índios aqui chegaram vindos do mundo asiático mesmo.

Esquece.

Se fotografada na praia, com alguma brisa, Maria Luiza Jobim fica mais bonita e ao mesmo tempo lembra a Jane Birkin. Meu reino por essas duas juntas.

Luiza, para quem não entendeu ainda, é a garota da dupla Opala, com o Lucas, mas era também do grupo Baleia, creia, tido e havido como extinto a esta altura.

Meu reino por Luiza dublando passarins na cidade do Rio de Janeiro. Jeito mais bonito de soltar os pintassilgos engaiolados de tantos porteiros de Sebastianópolis. Luiza, para entender como bate o coração de uma mulher é preciso ter sentido algum dia na vida um pássaro preso na mão. Creio que foi o Johnny Cash que disse isso, não te garanto, pode ser delírio.

Luiza, não há blues, não há jazz, não há bossa, não há rock, não há educação de ritmo que nos faça entender, a princípio, essa coisa toda.

O coração de uma mulher sequer é bebop, é um sopro autoral no coração dos iluminados vagabundos, sopro que nos mantém vivos entre uma sístole e uma diástole.

Luiza, nem sei mais por que estou te dizendo certas coisas...

A gente nunca sabe mesmo.

Só sei que é preciso ter cuidado com pássaros, peixes e mulheres.

Thalma de Freitas

Que espetáculo é a vida ao vê-la

A certas horas, bailava a filha do maestro Laércio de Freitas, e eu de butuca, de tocaia grande, dizia para mim mesmo: que espetáculo é a vida. Lá pelas tantas, a filha do maestro regia a rua, o bairro, o distrito, a cidade, o município, o Estado, o país, o continente, o conteúdo, o Universo, o virtual, o real e o paralelo. Tem mulher que toma conta do que já era dela em vidas anteriores e ainda mais agora, que merecimento, menina, que história.

Num piscar voltou à pista, colada ali a nós, mortais, e dominando o baile todo, no sapatinho ou na exaltação do samba.

Quem sou eu para dar conta da beleza completinha da nobreza? Só me restou o alumbramento renovado a cada ginga, a cada sabedoria da mente e do corpo.

Corta, maestro, mudemos o ritmo do baile e o tempo do verbo.

Daqui a pouco ela cantaria com a Orquestra Imperial, mandaria na lata, para inveja de certas mulheres e desespero dos homens de boa vontade, ave, palavra, ave, verdade bíblica.

E assim fui vendo Thalma de Freitas em vários cantos, mosaicos, novelas, palcos, sandalinhas, coreografias e bailados, como em certa e linda noite, no Studio SP, ainda na rua Inácio Pereira da Rocha, Vila Madalena, inverno do cão na Pauliceia, valha-me Deus, mas como Thalma aqueceu o nosso particularíssimo planeta. Pelo que me lembro, aniversário da filha do maestro. *Buena onda*. Aí sim vi o que ela tem, o que ela sabe, o que ela pode. Como estava sestrosa, gostosa, esse coqueiro que dá coco e outros belos pleonasmos para louvá-la, fogosa e todos aqueles sinceros adjetivos de sambas das antigas.

Bruna Lombardi
Os signos da cidade e o banho mais pedagógico e erótico do mundo

Quando a cidade de São Paulo vivia o susto da falta de água, no ano da graça de 2014, com as reservas da Cantareira tecnicamente no tal do "volume morto", Bruna tomou o banho mais pedagógico desde que Moisés andou sobre o Mar Vermelho.

Um exemplo.

Ainda lavou a calcinha na cena mais erótica de todas as eras. No mesmo vídeo da campanha educativa de racionamento. Nada mais lindo do que uma mulher, displicentemente, lavando a calcinha durante o banho. Um banho de apenas cinco minutos.

Teus olhos atlânticos derramaram, naquele momento, um mar em São Paulo, como no sonho de um realista fantástico.

Fui direto ao teu poema "Jardim das delícias", o que mais curto entre tantas composições que me fazem um ser molhado, aquático:

"Procuro em mim um homem sem moral
que me deixe arisca e me deite de costas
mandando coisas."

Deito nestas páginas apenas o começo da epifania. Sigo o seco, mas também o lírico, sigo agora a Bruna do cinema.

Os sonhos, bem sabes, são restos de rolos de filmes de cineastas mortos. Estavas nos meus derradeiros Antonionis e Buñuels, olhinhos brilhando em minhas noites de veraneio ao relento. Estavas e estás em todos os signos da cidade, o caos é belo onde tua vista alcança: na Mooca, no Brás, na Paulista, na praça da Sé como jardim dos caminhos que se bifurcam.

Nos labirintos, nas galerias, nas passagens, no espelho gigante do ex-Banespa da praça da República – o lago vertical de um Narciso engraxate ou, digamos assim, a penteadeira da vaidosa vendedora do coração ambulante.

Sheron Menezes

Se eu fosse contar as vezes...

Se eu fosse contar as vezes, Sheron Menezes, que me puseste de queixo caído, na tevê ou ao vivo, eu daria a volta ao mundo em oitenta dias com Julio Verne e ainda não chegaria na conta certa.

Sharon, às vezes, eu me proíbo esse desejo que não vai embora nunca. Depois digo, em um solilóquio maluco: besteira, admire mesmo, velho Francisco, não perca um só momento de grandeza com esses olhos que a terra há-de, a vida é grande e o mundo é pequeno.

Se a memória carcomida pela ferrugem da maresia não me falha, creio que a primeira vez que te vi, guria, foi como apresentadora do seriado *Fábulas modernas* (RBS TV), em viagem a Porto Alegre, julho de 2003, acredito.

Depois daquele momento, nada mais na margem do Guaíba tinha encanto, fiquei perdido, atravessei com os olhos vedados a Oswaldo Aranha, zanzei no parque Farroupilha, enchi a cara com um amigo punk, nada mais tinha graça nenhuma para os meus olhos alumbrados.

Se eu fosse contar as vezes, Sheron Menezes…

Nem te conto o tempo que passei sem ver novela nenhuma, só te procurava no YouTube e na geral da internet, para rever apenas as tuas cenas, como se tu fosses todos os dramas do mundo. E eras, digo, és. Eu passo mal, no melhor dos sentidos, obediência nada cega à lei do desejo – a mais antiga e bíblica de todas as regras –, quando te vejo.

Rita Lee
A metanoia epifânica

Foto para a história: Rita Lee com Sócrates Brasileiro, Wladimir e Casagrande no show e comício das Diretas Já, 1984.

"Vai, Corinthians", Rita Lee e o seu amor em branco e preto, será que ela deu pra masoquista? É o que indaga "Amor branco e preto", a cançoneta sobre o seu time do peito.

Rita Lee enfrentando a guarda, a moral, os bons costumes, a marcha da família com Deus e o Diabo na terra do sol, a patrulha do bairro e a patrulha ideológica, a tropa nada *cool* da PM de Aracaju e alhures...

Em 29 de janeiro de 2012, a cantora foi detida na capital do estado de Sergipe em um show que seria o encerramento da sua carreira nos palcos. A tropa reprimia com violência o uso de entorpecentes na praça. Rita pediu, encarecidamente, que os soldados se acalmassem, fumassem também "um baseadinho". Qual o quê. Aí foi que a polícia desceu a lenha mesmo na moçada. Rita Lee então soltou o verbo. Chamou os homens fardados de "cavalos" e "cachorros". Acabou presa. O STF a condenou a indenizar 33 PMS envolvidos. Rita Lee com os cães da desobediência civil latindo por dentro, respeito!

A ruiva Rita representa as "vadias" em voga nas passeatas contra os porcos chauvinistas que chafurdam na pocilga interplanetária.

Rita Lee mutante, Rita Lee em linda escapada literária com a Laerte – tudo bem, ela trata apenas por *Storynhas*, o livro que os dois fizeram juntos. Acontece.

Só a metanoia epifânica salva, Rita Lee manja dessa arte.

Rita Lee comparsa da Rê Bordosa em uma banheira de espumas flutuantes.

Rita Lee atriz, Leila Diniz, todas as mulheres do mundo.

Rita Lee por terra, mar e ar na cidade de São Paulo, Rita Lee a mais livre tradução de tudo isso aí, ainda nos tempos pré-GoogleTranslator.

RL e o seu áifôni Clarice tocando o terror no Twitter.

@LitaRee_real, "velha louca drogada" para as internéticas Senhoras de Santana.

Babilônicos corações de São Paulo saúdam, com sístoles, sustenidos e diástoles, a passagem de Rita Lee nesse momento. Aplausos, rapazes e raparigas.

Roberto Piva, o poeta da cidade, ressuscita na avenida São Luís e renova, somente para ti, Rita Lee, as paranoias mais antológicas.

Roberto Piva te leva para experimentar o pêssego com marshmallow no Lanches Pancho, Rita Lee.

Rita Lee no Cadillac verde de Oswald.

Rita Lee no Brás, Bexiga e Barra Funda, Rita Lee no Aeroanta, largo da Batata, Madame Satã, Rose Bom Bom, Toco Dance Club, Torre do Dr. Zero, Clash, Vegas, D-Edge, Rita Lee no velho Lov.E, no Love Story, no Inferno...

Suyane Moreira

A beleza de onde os fracos não têm vez

A aldeia Cariri resiste. É de lá que vêm homens feios como este cronista e mulheres extraordinárias como Suyane Moreira. Índia e negra na mistura das gentes brasileiríssimas.

Suyane, negra e índia, completa, olhos de uma desconfiança histórica pela fresta, na espreita, todo cuidado é pouco com os invasores e com a catequese – somente na região o genocídio foi de uns 30 mil índios, sem falar no extermínio de brancos lascados e caboclos miseráveis do Caldeirão de Santa Cruz do Deserto do beato Zé Lourenço.

Sauvage, como dizem os abestalhados franceses quando miram pela primeira vez Suyane. Certa noite, em uma *avant-première* de *Árido movie* (2006), filme que ela fez, testemunhei um gaulês babando pelo canto da boca diante desse monumento *roots* do país de Darcy Ribeiro. Escorria a saliva explícita do desejo. A Europa mais uma vez se curvava. Eis aqui uma pequena história das grandezas do Brasil.

Se eu tivesse de ter só e unicamente uma mulher na vida eu teria Suyane Moreira. Declaro e dou fé. Que espetáculo da minha terra.

Como eu morreria feliz e falando das coisas nossas dos cariris.

Flávia Alessandra

A mulher que ilumina

Essa mulher ilumina o ambiente, tira qualquer ideia de apagão da cabeça dos pobres homens, é o próprio Sol da meia-noite, essa mulher nos abestalha, nos lesa, ilumina, encadeia lindamente, essa mulher quando chega...

Vê-la é abrir a caixa de ferramentas dos adjetivos, é tentar encontrar palavras perdidas do juízo idem, me ocorreu exatamente assim certa noite na cidade do Rio de Janeiro.

Óbvio que a admirava, testosteronicamente, de antes das novelas, dos filmes, das capas de revistas. Sou o rei das bancas e vivo de armazenar esses crônicos recortes do inconsciente coletivo popular brasileiro.

Ao procurar pelos adjetivos, "classuda" foi o primeiro que bateu no cocuruto. Classuda também pode ser um advérbio de modo de vida e de decente modinha de fêmea.

Ver mulheres extraordinárias é buscar palavras, e Flávia Alessandra desperta essa procura pela definição perfeita, pelo santo graal dos dicionários.

Nicole Puzzi

A diva que nunca saiu do inconsciente

E da costela de Eros, Deus fez Nicole Puzzi.

Foi em um bar de Santa Cecília que ela saiu da tela do cinema e das páginas das revistas para a vida real. Até aquela noite invernosa de São Paulo este filho de Deus acreditava que não seria possível tanto pecado em uma só criatura sobre a Terra, em uma só filha de Eva, de Eros e de todos os descaminhos.

A princípio, só acreditei depois que a mestra de cerimônias da noite, Lilian Gonçalves, essa gênia e rainha da sucata, apresentou a mitológica em carne e osso.

"Ela voltou!", um tímido tiozinho saudou no gargarejo.

Nicole Puzzi voltou uma ova, Nicole Puzzi nunca saiu das nossas cabeças. Se o amigo tem mais de quarenta sabe. Naquele momento o desejo rebobinou rolos e rolos de filmes em cartaz na sala escura de nossas cabeças. Cine Inconsciente apresenta...

Voltou uma ova. Nunca deixou de estar de alguma maneira. Por isso foi tenso vê-la tão de verdade verdadeira. Me belisca, tiozinho tarado do gargarejo.

Na ocasião, a diva da pornochanchada protagonizava a peça – ela prefere chamar de stand-up romântico – *Eu só estava amando em 70*, texto dela, com direção de Dominique Brand, no bar Biroska.

Nicole Puzzi, aos 54 anos, continuava linda e gostosa como na capa da velha *Status* amarelada e gasta que guardo na gaveta das raridades. A mesma *Status* das revelações inéditas do cronista Rubem Braga – a picareta desculpa intelectual para guardar a edição até hoje. Rubem Braga, certamente fã da moça, me perdoaria nesta hora.

No monólogo, com tintas autobiográficas, a atriz encarnou a personagem Mirna Loy, uma romântica enrustida que dialoga com amores à distância e, quando enche a cara, conversa com Elvis Presley. Só Nicole Puzzi para fazê-lo sambar miudinho. O roqueiro também funciona como consultor sentimental da moça.

Ali está, no palco do bar, a atriz de *O convite ao prazer* (1980), de Walter Hugo Khouri, o homem que sabia filmar as mulheres melhor do que qualquer outro cineasta do mundo.

Nicole Puzzi que arrastava multidões aos cinemas de rua nos anos 1970 e 1980. A estrela de *Possuídas pelo pecado* (1976), de Jean Garrett, a *Ariella* (1980), de John Herbert, que também a dirigiu em *Tessa, a gata* (1982).

Não há como não ficar nervoso ao rever Nicole ali na sua frente falando do amor nos tempos do *drive-in*. "Era a ditadura e eu só estava amando", sussurra, entre uma música e outra de Roberto. Tremo. O tiozinho gargareja.

E quando ela interagiu com a plateia – com a presença de muita gente do cinema da Boca do Lixo –, dialogou justamente comigo! Me segura que vou dar um troço.

Ela me perguntou, safadamente, se devia usar um vestido transparente ou uma saia cor-de-rosa com blusinha idem para um encontro amoroso. Votei pela transparência total do figurino. Não foi nada fácil. Trêmulo, me senti um tarado Tarcisão Meira de *Eu* (1987), a mais freudiana das fitas de Khouri, com Nicole, óbvio.

Eu estava só amando naquela quinta à noite no Biroska. Porque o monólogo de Nicole Puzzi brincou com o tempo e me devolveu como adolescente ao buraco da fechadura.

Mallu Magalhães
Uma noite flamejante no Clash

Tu tinhas uns quinze para dezesseis e ainda estavas proibida de fazer show tarde da noite por causa do Juizado de Menores. Vivíamos, veja só, a era do Myspace, uma geringonça internética que faz parte do museu precoce de tais virtualidades.

Minha então Maria pegou este velho cronista pelo braço e fomos à Barra Funda, Maria, nascida de uma fábula cosmo-mineira de David Bowie, verdade seja dita, você iria gostar dela.

Tu abriste a noite cedinho, noite gelada de São Paulo. Lá fora, no deserto da Barra Funda, o açoite de um blues. Noite perfeita no clube Clash. Maria e seu bloody mary no balcão mais elegante da cidade; *yo*, tequila. Os caubóis do Vanguart, *from* Cuiabá, tocavam com Mallu.

Noite flamejante, o barman no seu melhor momento, moças bonitas e seus drinques coloridos.

Mallu sibila, canta, sussurra, e os violões já não eram de brinquedo. "Tchubaruba", "J1" e "Get to Denmark". As poucas faixas vinilizavam nossos encerados ouvidos de crápulas diante da princesa. Os olhos de Mallu, os olhos de Maria, a Barra Funda em uma noite que parecia algo tão longe como uma noite na Finlândia.

A noite perfeita. Aquela noite em que não há amnésia alcoólica que me roube.

Depois te vi no programa *Popload*, não me perguntes sobre data, menina. Acabaste comigo de vez: "Folsom Prison Blues", aquela de um caubói fraquinho chamado Johnny Cash.

Blow-up. Foi depois daquela foto no jornal que radicalizei o meu encanto de vez: você estendendo uma toalha na praia diante dos olhos do seu amor. Não havia nada demais na foto, apenas uma Mallu solar iluminando o seu homem.

Maeve Jinkings

A vida é uma história contada por um idiota, cheia de som e de fúria, que nada significa

Maeve, ave, Jinkings, que é que é isso, minha gente, a conta certa, perfeita, diante dela não ouço nada em volta, meu caro cineasta Kleber Mendonça Filho, ouço apenas as crianças do filme *O som ao redor* (2012) em massagem naturalíssima em cima de Maeve, ela, o cachorro, Maeve, o veneno do bicho, Maeve, tudo se torna assim muito barulho, meu caro Shakespeare, diante do estrondo da beleza de tal moça, um alumbramento quando da primeira vez, um *je ne sais quoi* – como dizem os abestalhados franceses – à segunda vista; e, à terceira, já era, estamos tomados, pobres homens, por todos os chamados da selva.

Nanda Costa

Os mistérios de um belo bosque

A patrulha asséptica ataca novamente. A patrulha depilatória não perdoa a atriz Nanda Costa, capa de *Playboy* emblemática de 2013.

Nanda, quantos mistérios no teu belo bosque!

A talentosíssima atriz veio às páginas como aparece no *Febre do rato* (2011), filme dirigido por Cláudio Assis. Falo em matéria de zona da mata.

A moça já bate, na cabeluda polêmica, Claudia Ohana – que posou ainda em tempos pré-internéticos, 1985 – e Vera Fischer, em 2000, quando o tricô na rede ainda não tinha a força e a palavra "pelo" ainda tinha acento.

Ah, esses moços, pobres moços, caro Lupicínio, com nojinho de pelos pubianos. Como pode, amigo? Sempre no combate à patrulha, relanço agora um velho libelo em homenagem a Nanda gata: "Pela Amazônia Legal das Moças".

Contra o desmatamento total das glebas. A não ser na primavera, para renovar a flora e fazer uma surpresa para um moço novo, ou uma nova moça, na sua vida.

Por uma política pubiana sustentável, apenas aparável, jamais beirando o semiárido e as miragens do deserto.

Contra os desenhozinhos cabulosos. Esse campo sagrado não é grama de arena futebolística para tais experimentações estéticas.

Lembre-se, Lola, do quadro *L'Origine du monde* (1866), sim, a origem do mundo, obra do realista Gustave Coubert.

Contra a devastação da cera negra espanhola e todas as outras técnicas colonizadoras que molestem as lolitas ou as lindas afilhadas de Balzac.

Por uma relva fresca todas as manhãs. Uma relva molhada pelos desejos noturnos e inconscientes. Hum, aquele cheiro da aragem divina.

Contra o mundo limpinho que decreta o fim dos pelos púbicos. Sou da turma do contra. Por uma razão simples: sexo sem pelo (de tudo) não é sexo.

Tudo bem, o estilo consagrado na *Playboy* da Claudia Ohana pode ter datado, mas a falta total de pelo infantiliza muito o enlace amoroso.

Só há maldade e erotismo nos pelos.

A depilação 100% sempre funcionou muito bem como um fetiche provisório, um presentinho ocasional ao amado. Não deve ser permanente como a revolução de Mao Tsé-tung.

Onde estão o Greenpeace, o SOS Mata Atlântica e todas as ONGs, que não berram contra essa chacina ecológica?

Pela Amazônia Legal das Moças e os seus lindos estuários do desejo latente.

Pela exploração táctil e oral do relevo, das reentrâncias, dos riachinhos que deságuam nos mares nunca dantes.

Por todos os mistérios guardados além, muito além dos pelos.

Contra os trocadilhos para dar nomes às casas de molestamentos depilatórios. "Pelo menos", "Muito pelo ao contrário", "Pelos melhor não tê-los" etc.

Contra o sexo limpinho. Contra a corrida para o banho depois do gozo.

A favor de guardar o cheiro dela na barba, o dia inteiro, o que aliviará as dores do mundo no passeio do cavaleiro pelas calçadas.

Jéssica Mara

A Lupita brasileira

Pérola negra, te amo e te amo... Havia tempos que o país do Carnaval não revelava um espetáculo de musa como Jéssica Mara, destaque da escola de samba Caprichosos de Pilares, do Rio de Janeiro, no ano de 2014.

Primeiro pelos peitos pequenos no meio daquele mar de silicone – nada contra, mas os peitos pequenos e originais de fábrica, sob um vestido azul-celeste transparente, sob o céu que nos protege...

Jéssica Mara me lembrou naquele momento duas mulheres ao mesmo tempo, ela tão linda quanto a dupla: a musa Pinah, destaque da escola de samba Beija-Flor que fez o príncipe Charles babar abestalhado aos seus pés em 1978, e Lupita Nyong'o, mexicana de origem queniana, vencedora do Oscar de melhor atriz coadjuvante pelo filme *12 anos de escravidão* (2013) e eleita pela revista *People* como a mulher mais bonita do mundo.

Cabelo raspado, como Pinah e Lupita, 22 anos, um metro e oitenta e dois, o monumento de Volta Redonda (RJ), moradora do subúrbio carioca de Bonsucesso, pôs a Sapucaí aos seus pés. O sambódromo se rendeu e a adorou como em uma procissão sagrada e profana ao mesmo tempo.

Jéssica Mara esqueceu o número de vezes em que voltou ao subúrbio desiludida depois de fazer testes para desfiles e anúncios publicitários. Pensou até em desistir diante da resistência a modelos negras no Brasil, mesmo depois de 126 anos do fim da escravidão.

O Carnaval lavou a sua alma.

Maria Casadevall

Hipóteses para o amor e a verdade

Maria Casadevall discutia *Genealogia da moral*, de Nietzsche, na mesa de um bar da praça Roosevelt, no underground paulistano. Acabara de vê-la em *Hipóteses para o amor e a verdade*, peça do grupo Os Satyros.

Maria foi a Paris afiar a língua para ler o poeta Rimbaud no original. Sabendo disso, como não se apaixonar por essa moça? Sabendo disso, fui da Consolação ao Paraíso, via Estação Inferno.

Ela sacou que Paris é "uma puta triste". Repare que definição bonita. Pare de olhar e preste atenção no que diz essa menina.

Ela lê Cioran, o romeno que escreveu *Breviário de decomposição* e *A inconveniência de ter nascido*, entre outros títulos nada otimistas. Você há de dizer: ela é bem maluca. Não diga: ela é bem louca. Diga: ela flerta lindamente com o abismo. Não diga: é uma excêntrica. Diga: ela tem personalidade. Não diga: ela é sábia e sexy. Diga: ela traz os melhores perigos. Maria é teatro experimental e é também novela das nove na Globo.

Ela é a beleza, nada amarga, que senta nos nossos joelhos e passa na noite de São Paulo.

Giulia Gam

A ideia eterna de mulher moderna

Quando cheguei a São Paulo, começo dos 1990, trazia comigo uma flor de obsessão na lapela, bem em cima do miocárdio, ali mesmo onde o homem bomba o sangue da passionalidade: conhecer a Giulia Gam, minha ideia de mulher paulistana, minha ideia de elegância, minha ideia de mulher moderna.

Durante o dia, corria atrás de políticos corruptos – retrato do jovem enquanto repórter de política; à noite, rondava a cidade em busca da atriz.

Quando a vi, me lembro muito bem, que vexame: derramei um chope no chão do Frevinho da rua Augusta. No descuido do alumbramento, gelei, tremi, era como se fosse um amor à vera mesmo. E era.

Frevinho no pós-cinema, o programa. Giulia comentava, mesa ao lado, um filme do Wim Wenders.

Maria Ligia, minha namorada, percebeu tudo, apenas ria da minha falta de jeito e da matutice diante da atriz. E olhe que Maria Ligia, em matéria de fêmea, não ficava atrás.

Depois da primeira vista, a vontade de revê-la tornou-se ainda mais obsessiva, paixão roxa. Haja incertas nos cinemas, teatros, bares papo cabeça... Revi mil vezes, tão longe, tão perto, em duas décadas de São Paulo.

Quanto mais revia, mais *voyeur* eu ficava, maluco como *O homem que olha*, do meu escritor do amor preferido, dom Alberto Moravia.

Pena que perdi o caderninho em que registrava as ocasiões em que te via, Giulia. Como se fosse um roteiro: interior/noite/bar tal, cinema xis, Giulia estava vestida de preto, como a noiva do François Truffaut, botas, echarpe etc., tudo detalhadíssimo.

Uns quinze anos depois do alumbramento inicial, trocamos as primeiras palavras, creio que na *avant-première* de *Árido movie*, dirigido por Lírio Ferreira, filme no qual és a mulher do homem do tempo.

Sim, isso mesmo. Fiquei perturbado de novo. Derrubei a bebida no chão. Dessa vez um uísque, gelo, tempestade de granizo sobre tuas botas à la Valentina.

G., viverei eternamente nervoso com a tua presença em São Paulo ou no planeta.

Maria Manoella
Mulher enquanto promessa de felicidade

... e Deus criou Maria Manoella, como diria Roger Vadim, cheia da sua graça mais sincera. Quando ela chega, as retinas batem continência e os homens ganham aquele ânimo extra, aquela fome de viver, aquele relâmpago por dentro, sabe?

E ela chega cantando "La Lupe", a faixa de "teatro, puro teatro", trilha de Almodóvar. Ou então ela chega com o Chico Buarque mais sofrido, ou cantando simplesmente uma canção de amor de Roberto, tudo certo como dois e dois são cinco.

Quando ela chega, nossos corações, na torcida, fazem uma espécie de ola imaginária no Pacaembu ou no Maraca!

Ora direis, MM pisa nos astros, distraída, e segue firme. Tomei conhecimento da moça dizendo um Lorca de primeira, na iluminada peça *A casa de Bernarda Alba*. Depois veio o cinema, retrato de Odete Lara enquanto jovem artista e outros crimes delicados.

Ela consegue ficar melhor ainda, meu Deus, nas mãos do diretor Mário Bortolotto. Aí, sim, nada mais resta do sagrado, Maria Manoella quebra tudo, mulher de todas as linguagens dramáticas com quem amo satirizar as dores amorosas que deveras nos matam a cada eternidade.

O prazer do texto bem dito, no distanciamento certo, tão perto da flor da própria pele e tão longe do falso e dos deuses de plástico.

Que essa cria da costela mais bíblica seja cada vez mais onipresente em nossas vidas. Para sorte e felicidade de nós todos. Para acender labaredas em nossas almas. Para amaciar as dores do mundo.

Maria Manoella, hipérbole de mulher, atriz sem fim, profissão artista, é, como dizia o escritor Stendhal sobre o significado da beleza: "uma promessa de felicidade".

Maria Luísa Mendonça

Meu eterno coração iluminado

Não foi com a hermafrodita Buba, na novela *Renascer* (1993), que bateu algo por ti, tampouco com a Letícia na minissérie *Engraçadinha – Seus amores e seus pecados* (1995). A passionalidade veio com Ana, aquela mulher carregada de neuroses e um pendor suicida do filme *Coração iluminado* (1998), de Hector Babenco, sim, aquele em que o argentino Ricardo Piglia, um dos meus escritores vivos prediletos, trabalhou no roteiro – delirava que o Piglia havia se apaixonado por ti e enlouqueceu para achar as palavras certas para a tua boca.

Depois daquele personagem azougado pelo abismo, passei a te ver sempre como a fêmea dos olhos mais entorpecidos do mundo.

Como arrancar da pele de uma atriz uma personagem que faz a gente se apaixonar pela imagem daquela atriz? Preferi nunca me esforçar para isso, mas tê-la comodamente da forma que me chegaste – talvez seja a melhor maneira de receber os arrebatamentos, não achas?

Dira Paes

A nova deusa da mitologia selvagem

Viva a República do Grão-Pará, viva Nossa Senhora de Nazaré, viva o sagrado e viva o profano, viva principalmente a festa que sabe, de cara, não separar os dois mundinhos perdidos e achados de meu Deus-dará, nega, sábia acontecência.

Viva Zeus, viva mitologia amazônica mais além da conta, viva até, a essa altura, a bagaceira todinha da tragédia grega, viva a *buena onda* dionisíaca, viva Dira Paes, a deusa e a Solineuza, uma salva de fogos, o fogo, o pipoco, viva!

Abaetetuba saúda a sua cabocla, assim como os povos de Moju, Igarapé-Miri e Barcarena. Ela desfila no carro dos bombeiros, eu imagino, quando uma parente, creio que uma crente, balbucia orgulhosa no ouvido de outra: "Dira, quem diria, olha só que amostrada, não basta o pecado da novela e dos amores roubados?".

E Dira segue, entre o sagrado e o profano, sobretudo no modo selva, *sauvage*, para o encanto da humanidade, como a vejo agora, na laje de Manuela Dias, aqui no Horto, sendo candeeiro e lamparina de nós todos.

Só confio nos deuses às pencas, nos deuses no cacho, nos deuses que agitam arbustos, bogaris e palmeiras selvagens.

Por Dira me devoto, ajoelho, rezo, oro, ora direis, velho Bilac.

Só acredito nos deuses às pencas, viva o olimpo amazônico, viva Tupã, em nome de Rudá – o do amor –, e que Tambatajá nos livre do perigo... se der tempo.

Por Caupé, Sumá, a ventania de Polo e todas as luas de Jaci, que batuque Anhum, que o relâmpago trinque os céus, que o trovão capriche no estrondo mata adentro, que chova como nunca nos campos de Cachoeira, que Dalcídio Jurandir, outro gênio paraense, brote da terra de novo e Dira o acolha.

Dira pode tudo aos nossos olhos, antes que a terra brinque com eles, ludicamente, de bolinhas de gude.

Antonia Pellegrino

A sagração dos peitos primaveris

Ai de mim, Benjamin!

Que danada!

Mulher carioca aos 22, meu caro João de Minas, me fez atravessar, de mala e cuia, a via Dutra a nado, no seco, pelo acostamento do amor e do desejo, rodovia sob nevoeiro, curvas sinuosas, na dúvida não ultrapasse, um cosmonauta na autopista, cuidado.

Ai de mim, meu querido Benjamin.

Quando dei fé, a sagração dos peitos primaveris. Quando dei por mim, já era, subia a serra das Araras, outros ares, e entre a epifania e a afasia gaguejei o "te amo" dos comovidos de véspera.

O tesão de testemunhar a menina Antonia, toda fragmentadazinha à semelhança do seu objeto benjaminiano de estudo, nos bancos escolares e antropológicos da PUC, defendendo bonito, lembro até hoje da epígrafe que segurava a onda da breve tese: "O eterno é, em todo caso, antes uma dobra na vestimenta do que uma ideia".

Menina atrevida a mexer com Walter Benjamin, aquele gigante da Escola de Frankfurt, um sábio filósofo alemão, menina que provocava um já (e desde sempre) cronista outonal.

Pense!

A sagração dos peitos, dos peitos mais bonitos da tetelândia lunar infinita, meu caro Bigas Luna.

Ai de mim, Benjamin, Antonia não parava, nunca para, cria universos e fortunas.

Na sua volta ao dia em oitenta mundos, ai de mim, amigo Julio Cortázar, Antonia faz novela, crônica, filme, roteiro, livro, meninos...

E quando falo de peitos sobre Antonia não estou a falar somente da beleza, óbvio, tome tento, leitor amigo, estou a falar de coragem, destemor, peitos como vontade e representação, peitos do verbo mais forte da humanidade, metê-los no mundo, sem medo sequer da metáfora, peitos de invenções e inventos, ai de mim, Benjamin, peitos como ideia no lugar certo, peitar o mal-estar da civilização, como peitou o avô Hélio na poesia, na política e na psicanálise, peitar como razão de estar vivo, viva!

Emanuela de Paula

Os mistérios do Cabo de Santo Agostinho

Emanuela de Paula é uma supermodelo brasileira. Conta outra, isso todo mundo sabe. Emanuela é simplesmente a mais extraordinária, incrível, fantástica e toda hipérbole que houver nesta vida.

Mas, vem cá, por que diabos o Cabo de Santo Agostinho, Pernambuco, dá tantas mulheres monumentais? Permaneça pelo menos meia hora na cidade e verás a vocação estética daquelas praias. Fenômeno igual nem em Niterói (RJ), imagino, embora seja páreo duro.

Só buscando razões históricas. Foi no Cabo de Santo Agostinho que o Brasil foi descoberto. Não oficialmente. Por lá chegou, em 26 de fevereiro de 1498, a nau do espanhol Vicente Yáñez Pinzón. Cabral, em busca das Índias, nem dera notícias ainda.

Lá no Cabo de Santo Agostinho os estrangeiros descobriram Emanuela... A história se repete, velho barbudo, como encantamento, de novo.

Na passarela do meu coração, Emanuela é a top-top do Universo não apenas da moda. Prefiro, e é o meu ramo, o alumbramento.

Gloria Pires

Se Deus desistiu, vale tudo

Certo dia de enfado com a humanidade – acontece! –, Deus cofiou suas longas barbas brancas e disse, solene, para si mesmo:

— Hoje eu vou pôr na terra uma mulher mais comovente que a Gloria Pires – lançou o desafio divino. – Hei de conseguir, afinal de contas para que serve ser Deus neste mundo perdido?!

O Todo-Poderoso tentou, tentou, fez até uma reciclagem em todo o Gênesis, e nada. Ele riu do exercício sobrenatural, Ele riu da própria teimosia – Deus em dias de bom humor é fogo – e deixou para lá, assobiou seu *let it be* feliz:

— Querem uma criatura mais comovente que a Gloria? Que inventem meus seguidores. Eu desisto!

Ao escrever este livro, e guardadas as devidas e diviníssimas proporções (risos), repeti, de certa maneira, o processo do Criador de todas as coisas.

Desisto. Não há criatura, seja da costela de Adão ou de Darwin, seja da Terra ou de Vênus, capaz de nos comover tanto. Agora mesmo, na ingênua busca pelos dados biográficos de Gloria Pires –

somente a Deus é permitido chamá-la apenas de Gloria –, acabei não apenas comovido.

Comovido e em pranto diante da sinceridade dessa extraordinaríssima figura em um encontro com uma fã anônima – linda menina Gabriela, 14, meio indiazinha como Gloria Pires. Era um encontro surpresa com a menina, em nome dos gloriosos seguidores da atriz nas redes sociais da internet.

Se Deus desistiu, quem sou eu, cronista ao rés do chão, para levar adiante tal pleito? Se Deus desistiu, vale tudo, como no título do teledrama em que nossa exemplar atriz fazia Maria de Fátima, a inesquecível.

O lindo é que, se não há dúvida sobre a Gloria Pires real, a atuação dramática nos deixa um bandeiroso rastro de ambiguidades – eis um traço marcante da carreira. Mulher e ao mesmo tempo cabra macho, como na minissérie *Memorial de Maria Moura* (1994), baseada na obra da escritora cearense Raquel de Queiroz.

E assim em todo o conjunto da obra. Boazinha e perversa, santinha do lar e tresloucada "vadia" destruidora de lares e famílias. A própria encarnação das contradições da mulher ou da mulherzinha brasileira. A Ruth e a Raquel, para lembrar suas duas personagens na novela *Mulheres de areia* (1993), a virtude e a vilania encarnadas por uma só pessoa.

Se eu fosse você, Deus, mesmo sendo três, pai, filho e Espírito Santo, eu desistiria mesmo. Que mulher impossível. Se o Criador a viu no filme *Flores raras* (2013), sabe, novamente, o que estou tratando. Gloria Pires vive, nessa história real, a arquiteta Lota de Macedo Soares, amante da poeta Elizabeth Bishop (Miranda Otto no cinema) no Brasil dos anos 1950.

Sou um Tonho da Lua, de *Mulheres de areia*, diante dela, sou aquele cara que sobe na árvore no *Amarcord* de Fellini e grita *"voglio una donna!*", eu quero uma mulher, sou um doido varrido simplesmente diante da tua voz, quando janto na frente da novela...

Ah, nada mais a ser dito, a não ser pegar carona na ambiguidade. Diante de ti, Gloria, sou não apenas os sinceros e poéticos malucos como os mais sérios e certinhos homens de verdade. Tu nos despertas, igualitariamente, os mais ambíguos instintos.

Claudia Abreu

O sorriso que tem o que outros não têm

"O que um sorriso tem que outros não têm?"

Talvez essa pergunta do diretor Domingos de Oliveira – o sábio mais simples da vida brasileira de todos os tempos – nos diga um pouco sobre essa menina. A interrogação é do filme *Todas as mulheres do mundo* (1966), aquele com Leila Diniz e Paulo José.

O sorriso de Claudia Abreu é todo esse mistério. Talvez ela mesma, vai saber, tenha que vez por outra gastar um pouco desse sorriso em crises de riso. Desgastando um pouco o sorriso, quem sabe, o sorriso se torna menos perigoso para os homens, caro Domingos?

Como atriz, a modulação do sorriso pode ser até fácil. Sem problema. Pode ser um sorriso ingênuo, guerrilheiro, sensual e o sorriso perverso, o sorriso quase sadomasoquista, o sorriso mais sexy de todos os tempos na tevê, o sorriso com nome e sobrenome de Laura Prudente da Costa na novela *Celebridade* (2003-04).

Ou como a cantora de tecnobrega Chayene, em *Cheias de charme* (2012), igualmente irônica, mas, cá entre nós, a maldade de Claudia não está no escracho ou no esculacho, está no domínio feminino da arte da ironia. Difícil alguém saber tanto dosar um rosto lindo e aparentemente ingênuo com uma maldadezinha homeopática e certeira.

Diz lá a teoria francesa, desde o poeta Baudelaire no século XIX, que a ironia é a grande figura da modernidade. Diria que, no caso de Claudia, melhor esquecer esse nhe-nhe-nhem literário todo. Ela tem o sarcasmo de berço que enlouquece os homens, qualidade típica das mulheres superiores – ah, perdão, aqui vale o clichê com ares de bordão ainda virgem.

Diante dela, digo, diante desse tipo, a gente sempre acha que está em dívida, inclusive no sentido bíblico, com o que chamamos vulgarmente de comparecimento.

Eu amo, me emociono, fico nervoso mesmo. Melhor parar por aqui, estou sem plano de saúde e a 3 mil quilômetros do meu cardiologista. Escreva mais não, apelo a mim mesmo, pode entupir de vez de amor e testosterona o sistema circulatório.

Guta Ruiz

Elogio da beleza da mulher de nariz grande

Que lindo nariz de atriz, Guta Ruiz, como se já nascesse adiantado e pulasse no palco.

E a mulher de nariz grande chega bem antes em qualquer ambiente ou cena, como escrevi naquela crônica antiga da qual repito algumas coisinhas de nada, caro amigo Gogol, agora.

A mulher de nariz grande é a que chega primeiro também na vida de um homem.

Sai, quase sempre, sem bater a porta. Prefere uma bela vingança.

A mulher de nariz grande fareja, degusta, menina Augusta, vê, ouve e tateia na velocidade da luz. Como se o nariz grande se intrometesse nos outros sentidos.

Para o bem e para o mal, a mulher de nariz grande chega bem antes. És, porém, muito mais do que esse corte metonímico da beleza, a parte pelo todo. Guta Ruiz, és a ponte Curitiba-Baixada Santista, mulher capaz de ver um clássico Portuguesa x Jabaquara como quem vê a final da Champions League.

Tem ato mais lindo?

Guta, como mulher do nariz grande, chega primeiro para matar a sua curiosa fome de viver. Chega primeiro porque odeia ter saudade e não poder matá-la imediatamente.

Para o bem ou para o mal, a mulher de nariz grande chega do nada. Inclusive para aplicar um flagrante delito no canalha. Chega!!!, ela vocifera.

Ela fareja de longe a desgraça.

Até no altar a mulher de nariz grande deve chegar primeiro do que o noivo, desmentindo todo o folclore.

Minha ideia de mulher de nariz grande. Guta Ruiz sabe disso e com ela compartilho, nas saídas da madruga, duas ou três coisas misteriosas que sabemos sobre a vida.

A mulher de nariz grande é a que, entre todas as suas semelhantes, tem menos inveja do pênis.

A porção mulher que até então se resguardara, amigo, aflora, freudianamente, diante da presença dela.

A mulher de nariz grande puxa oxigênio e aroma dos jardins para a cama até em uma manhã de segunda. Na horizontal, o nariz grande vira uma ponte para a margem esquerda do nirvana. Em um colchão d'água de motel barato, é ponte sobre o Danúbio.

A mulher de nariz grande emite as mais lindas e barulhentas onomatopeias quando goza ou até mesmo quando se aproxima do solene momento. Ela sente antes o incêndio das horas.

Mesmo a uma distância transatlântica, amigo, saiba: é a mulher do nariz grande que estará mais perto do que qualquer outra.

Guta Ruiz, grande mulher do nariz idem, que o diga.

Patricia Pillar

A inesquecível noite com Waldick

Foi Waldick Soriano, meu Flaubert baiano de Caetité, minha educação sentimental, meu madureza ginasial completo, que me disse, bem sério, uísque duplo sobre a mesa de uma boate na rua Avanhandava, no centro de São Paulo: "Olhe tudo que você puder olhar pra essa mulher, aproveita, olhe mesmo, porque já, já Deus vai começar a cobrar ingresso caríssimo – e justo! – para quem quiser vê-la aqui na Terra outra vez".

Naquele instante sagrado passei a amar mais ainda aquele homem que educou a massa para as dores amorosas. Waldick falava quase no meu ouvido para que ela não ouvisse. Somente o Libânio, também conhecido como Charles Bronson da boemia paulistana, o dono da casa noturna, percebeu o movimento. Waldick – olhos marejados pelo chorinho de mais uns dias de vida que lhe daria o garçom celestial – se referia a Patricia Pillar, a atriz que o acompanhava para um documentário épico. Coisa de cinema.

Ele estava impressionado com a delicadeza dessa mulher inadjetivável. Com o carinho sincero e o respeito que recebeu durante dias e noites em que foi dirigido. "Ganhei sobrevida, aquela sobrevida que Deus sopra pela respiração de uma mulher bonita", confidenciou Waldickão.

Era uma noite de gente comovida como o diabo. Noite gelada lá fora. Como as belas noites de São Paulo. Noite em que os fracos não têm vez. Noite em que a ventania brincou com o chapéu de Waldick. Coube a Junio Barreto, outro grande cantor e compositor romântico, correr atrás do chapéu do nosso Johnny Cash baiano.

Na viagem ao fim da noite, Waldick iria me dizer tantas outras coisas inesquecíveis. Sobre as mulheres da vida, ali presentes, sobre o inevitável estrago de estar vivo, sobre um negão conhecido dele, a cara do Miles Davis, que dormia sobre o piano da casa.

Patricia filmava, em 2007, um ano antes da morte do meu ídolo, *Waldick – Sempre no meu coração*. Patricia, a exemplo de Paulo César de Araújo, autor do livro *Eu não sou cachorro, não*, sabia e sabe da importância da música romântica brasileira, vulgarmente conhecida como cafona ou brega, para a formação de nossa civilização inteira.

"Hoje que a noite está calma/ E que minh'alma esperava por ti/ Apareceste afinal/ Torturando este ser que te adora/ Volta, fica comigo/ Só mais uma noite..."

Toca outra vez, Waldick, como naquela noite em que louvamos a beleza e a sabedoria dessa mulher, Patricia Pillar, como se fosse a última das nossas jornadas.

Mayana Neiva

A giganta que saiu da costela de Zé Limeira

Eis um espetáculo da existência, capaz de tirar até o filósofo francês Jean-Paul Sartre daquele seu eterno enfezamento.

Não sei por que me lembrei disso agora, acho que no tempo em que ela estava na companhia teatral do diretor Antunes Filho, em São Paulo, levamos tal prosa. Duvido. Creio que deve ter sido em uma cachaça na praça Roosevelt, belo antro dramático de uma Pauliceia que teima em não entregar os pontos.

Espetáculo mesmo foi quando dei sorte de testemunhar essa moça, de shortinho amarelo, atravessando a ponte Maurício de Nassau, em um Carnaval dos anos 2000 e pouco, no Recife, Hellcife. Dou essa sorte na vida com as mulheres grandes, lindas demais da conta e pronunciadas, crumbianas por excelência.

Mayana Neiva, amigo, não tem tamanho certo. Uma giganta do poeta Baudelaire em plena Campina Grande, rainha da serra da Borborema, de onde veio essa força de pedra e delicadeza e a quem só o poeta Bráulio Tavares – conterrâneo dela – seria capaz de tecer uma loa completa e merecida, incluindo um toque de ficção científica, no seu clássico "Poema da buceta cabeluda".

Sai do meio que lá vem o filósofo, diria o mesmo Bráulio Tavares, e todos nós, tarados marmanjos por Mayana, arredaríamos do caminho.

Depois da bagaceira feita, eu voltaria certamente à luta; de uma fêmea dessas um homem decente não desiste assim é nunca; mesmo sabendo que o beijo shakespeariano de uma mulher casada sempre tem gosto de tragédia ou pólvora.

Coisa marlinda de um agreste cosmopolita, força surreal nascida do barro da costela mindinha do poeta Zé Limeira, 100% Paraíba.

Patrícia Poeta

Eu receberia as piores notícias dos teus lindos lábios

Como diz o amigo Marçal Aquino, eu receberia as piores notícias dos teus lindos lábios, Patrícia.

O Brasil e o mundo ficaram bem mais suaves contigo no *Jornal Nacional*. Ufa!

Até calada és uma poeta, poesia pura, elegia, meu livro místico, meu arco e minha lira.

Uma bilaquiana, ora direis, ouvir estrelas.

Até a crise econômica grega tu noticias sem o peso da tragédia.

Tens um declarado acento fofo na prosódia. Um jeito de que não queria mesmo que as desgraças do mundo ocorressem. Eu acredito.

Teu estilo "Pollyanna moça" me encanta. Revelas, em uma simples mexida nas sobrancelhas, uma luta interna contra a maldade do homem, contra o trabalho perverso do Universo, como diz outro camarada de escrita, o Julian Barnes.

Meu jantar nunca foi tão ameno. As crianças jamais precisarão sair da sala.

Meu porteiro aqui de Copacabana, que responde ao sagrado "Boa-noite" do telejornal desde os primeiros tempos do Cid Moreira, agora diz "Boa-noite, colosso".

Tu tratas da pacificação do Rio de Janeiro, Poeta, e a gente vislumbra uma bíblica paz na Terra entre os homens de boa vontade.

Tu sofres, eu sei, com a corrupção política e policial, como vi na edição de ontem.

Não sofras, eu receberia as piores notícias dos teus lindos lábios em boletins ininterruptos, suportaria as dores do mundo, os vendavais, as tempestades tropicais, os *tsunamis*, o gol contra aos 47 do segundo tempo, um novo Maracanazo.

Quando eras a moça do tempo, o mestre Luis Fernando Verissimo, sempre a me deixar me roendo de ciúmes, já havia falado ao teu ponto – aquele aparelhinho que os apresentadores de tevê põem em uma das orelhas para ouvir o que dizem os diretores do programa.

Como competir com a cantada literária do Verissimo? Ele escreveu: "Atrás dela, ventos rugiam, frentes frias e zonas de pressão alta se entrechocavam, quem ligava? Toda atenção estava nela, nos seus cabelos escorridos, na sua boca dizendo o que mesmo? Que o mundo ia se acabar no dia seguinte? Não interessava. Interessava ela e a sua morenice".

Só me resta dizer boa-noite, colosso, que a existência nos seja leve.

Débora Bloch

Ruiveza-mor, socrática, irônica, deliciosa

Ninguém domina a arte da ironia na televisão brasileira como Débora Bloch. Ironia sem forçar em nada. Em um clique, como quem acende ou apaga uma luz.

Ah, vamos melhorar isso: ninguém domina a arte da ironia socrática como Débora Bloch, repito.

Procure saber: a ironia socrática consiste em aparentar desconhecimento em um diálogo ou em um mesão de refeição a quilo no almoço da firma, por exemplo. É mandar aquelas perguntas aparentemente tolas. Só para sentir o que vem de volta.

Ô ruiva socrática deliciosa.

Ela domina a ironia por sabê-la de nascença. Ironia é a manha de quem é inteligente sem forçar a barra, acredito.

Assim na vida como no drama ou na comédia. Inteligente e, perdão, um colosso; inteligente e, desculpa, a ruiveza-mor da existência intergaláctica; inteligente e, pelamô, aquela voz que nos deixa sonhando de véspera com o cigarro do pós-sexo.

Ninguém domina a arte da ironia com tanta naturalidade. E juro que não é má influência (risos) apenas do *Armação ilimitada*, da *TV pirata*, de *Os normais* etc. Séria, supostamente séria em papéis dramáticos, Débora é mais irônica e genial ainda. A gente tem a impressão de que a vida, naquele momento, se repete como trapaça.

Quem disse, aqui repassando o álbum afetivo, que esqueço também de *Bete Balanço* (1984)? Ave!, o filme. Fazias a mineirinha que veio de Governador Valadares para uma aventura artística no Rio de Janeiro. Roteiro clássico do imaginário erótico-sentimental do Brasil.

Desculpa, agora achei aqui, entre espirros de um sebo de Ipanema, a tua *Playboy*. Nem carecia achá-la. Percebo que as fotos da revista estavam grudadas, para sempre, na cortiça do inconsciente.

Maria Júlia Coutinho

Que tempo bom quando ela aparece na tevê

Quando ela aparece, fico feliz e sempre canto um clássico de Thaide e DJ Hum, "que tempo bom, que não volta nunca mais...".

Que importa que venham chuvas e trovoadas e criem um caos na metrópole, que importa que o termômetro bata nos quarenta graus na sombra. A sensação térmica é sempre de amor à primeira vista quando surge na tevê Maria Júlia Coutinho, a luminosa moça da temperatura certa e dos vestidos coloridos.

Como é linda, minha Santa Bárbara de trovões e trovoadas!

Que importa que seja tão cedo, repito até "Bom dia, Brasil" em uníssono com o Chico Pinheiro, mesmo que a ressaca seja daquelas, mesmo que as nuvens esparsas no juízo venham me acordar em câmera lenta.

Sorte que ela também aparece, vez por outra, no *Jornal Hoje*, ufa, essa moça deveria ser dona da televisão inteira, como é senhora das minhas tempestades mais íntimas.

Meu pai sertanejo, outro Francisco, lá a caminho da roça, sempre na parabólica, agradece a Maria Júlia pela delicadeza. Ela não diz nunca "tempo bom", ao contrário de tantos e tantas, para anunciar o predomínio do sol em lugares onde os homens de boa vontade rezam pela chuva. No seu rancho, no Cariri cearense, o velho louva o cuidado da moça.

Tempo bom, para meu velho, é tempo de chuva, simples assim. Maria Júlia sabe das coisas e das diferenças regionais, como me explicou em um dia de sol, delicadamente. Que mulher, que pressão atmosférica a perturbar o juízo dos homens. Maria Júlia que se coloca bonito, na levada da consciência histórica, diante do samba-exaltação sobre o fato de ser a primeira negra na tevê como mulher do tempo: "Acho muito chato, não vejo a hora de isso acabar. É importante para a minha raça, mostra que a gente está caminhando, mas só reforça o quão longo é esse caminho. Será bacana quando houver tantos negros no posto que não seja preciso destacar, torço para que essa realidade mude".

Maria Júlia que me faz lembrar do conto "Uns braços", de Machado de Assis, no qual um jovem mancebo morre de amores por essa parte da anatomia feminina de uma dama do Rio de Janeiro. Somente Machado para desenhar em palavras os braços de Maria, Maria Júlia, minha lindeza.

Prefiro admirá-la inteira, cabeça, tronco, membros, graça e competência. Finalmente uma razão honesta para acreditar naquele adágio da ajuda divina a quem cedo madruga. Dou fé e me devoto.

Karina Buhr

No terreiro dos deuses que dançam

Soteropolitana criada no Recife e em Olinda, filha de mãe alemã com pai do interior da Bahia e trajetória artística forjada entre as nobres cortes do maracatu pernambucano e a modernidade paulistana. Muito prazer, Karina Buhr. Aquela que alerta: boiar no mar é de graça. Caymmi assinaria embaixo. A mesma moça da canção mais flor de obsessão dos tempos derradeiros: "Hoje eu não tô a fim/ de corre-corre e confusão/ eu quero passar a tarde/ estourando plástico bolha".

Karina agora liga o sincerômetro com os homens, sem perder a ironia fina jamais: "Eu sou uma pessoa má/ Eu menti pra você". Bem feito. É o dom de iludir da maneira mais explícita do planeta. Bonito. Fazer uma bela antiode é para quem pode.

Artista mais moderna e plural da música contemporânea, Karina é cantora, compositora, ilustradora e atriz dionisíaca do grupo Oficina, de Zé Celso Martinez. Sua performance no palco reúne todos esses dons e vocações. Ela dramatiza, ela faz uma orgia com o público, ela exorciza, ela inventa um personagem por minuto, ela é rock'n'roll mesmo na mais romântica das músicas lentas.

Bruna Tang
Musa dos avulsos mochileiros das galáxias

Bruna Tang é/foi assumida cantora do Undershower, sim, debaixo do chuveiro, e apresentadora do SBT. Isso é nada para a platinum-plus que sobe numa árvore na beira do rio e espalha: manguetown, como numa telepática prosa mineira dessa moça de BH com a parabólica de Chico Science.

Bruna Tang é uma grande personagem do seu, do meu, do nosso tempo. Sintoma não só de fama, mas de narrativa de feitos, faces e gostosuras avulsas para bom uso. Em palcos e em redes sociais. Bruna Tang é cantora do Undershower e apresentadora do SBT. Repito. E isso é nada para o tamanho da mulher. Ela é muito. Ponto. Bruna Tang da produça de grandes festivais como Skol Beats e Planeta Terra, que tal pensar num rosto, num corpo, numa cabeça e em mil mãos de polvo por detrás desse tipo de evento gigante no Brasil?

Bruna Tang, lindeza, fez tanta coisa, como idealizar, no ano da graça de 2004, o 2Yummy, primeiro projeto de *electroclash* paulista, quiçá do Brasil, talvez da América Latina, escolhido como o grande acontecimento da noite naquele ano.

Bruna se fez à custa de muito trabalho, mas bem que poderia estrelar uma bela ficção científica, na babilônica SP, óbvio, como uma personagem que, à moda do escritor Ray Bradbury, escapa das fogueiras e da própria ideia de futuro.

Vida longa e fantasiosa para Bruna Tang.

Bianca Comparato
Mulher íntima da tempestade

Dessas meninas maiores, acabo de vê-la em uma ladeira da Gávea, cabelo curtinho à Jean Seberg – a atriz *nouvelle vague* –, ideias longas sem apliques, uma certa timidez que amarra o bode existencial às artes dramáticas, dessas meninas superiores que precocemente sabem as dores do mundo, dessas meninas sem limite.

Dessas meninas que a gente viu crescer na nossa frente, como se fosse um esquizofrênico parente que troca de pele. Dessas meninas que se preparam, estudam, combinam com a paisagem de Londres, sabem onde pisam e, só por zelo com o risco, flertam com o despenhadeiro.

Dessas especiais meninas cariocas que sabem de cor poemas de Ana Cristina Cesar: "É sempre mais difícil ancorar um navio no espaço".

A dor que deveras sentem, essas meninas únicas e múltiplas levam ao palco ou à série, como em *Sessão de terapia* (GNT), na qual Bianca estava incrível. Para as sessões freudianas reservam o rompimento, o estouro da boiada sobre o pântano. Que gênia!

Na derradeira vez em que a vi, no Instituto Moreira Salles, na Gávea, Bianca Comparato havia machucado o pé em um acidente caseiro. Apoiava-se em uma bengala e falava sobre poética e cinema com a poeta Letícia Simões. Bianca, única entre essas moças atrizes capazes de tratar com zelo uma epifania que veio com o derradeiro raio da tempestade.

Sônia Braga

Mitologia brasileira tem nome

Cidadão honesto e mais ou menos civilizado, se eu fosse votar na eleição do emblema máximo da mulher brasileira, não teria a menor dúvida: cravaria, na urna eletrônica, Sônia Braga.

Mitológica no panteão televisivo ou cinematográfico, Sônia foi uma doce Helena e uma selvagem Gabriela; em *Dancing' days* inventou a modernidade da pista "dance" globalizada e do teledrama; encarnou a patroazinha sonsa e tórrida do filme *Dama do lotação*, de Neville de Almeida, adaptação da obra de Nelson Rodrigues – Sônia como a mulher que escapa, a fêmea em fuga contra o esqueminha lar doce lar de outrora, o desejo itinerante, passageira do bonde chamado desejo.

Sônia, soníssima, no filmaço *O beijo da mulher-aranha* (1985), dirigido por Hector Babenco, aquele baseado no livro do argentino Manuel Puig, aqui uma Sônia para além dos clichês tropicalizantes, uma Sônia que se torna fetiche, imagem delirante do universo gay politizado no último.

Só uma burríssima Hollywood para não entender que estava diante de uma atriz do mundo todo, não apenas de uma brejeira dos tristes trópicos.

Por essas e por outras é que preferi esquecer tudo que Gilberto Freyre, um dos guias espirituais deste livro, falou dela, para liberar meu tesão sem o iluminismo de Santo Antônio de Apipucos, Recife. Esqueça Freyre e os nossos ideais.

No que partirei para cima de La Braga como um bronco, no máximo com um Jorge Amado como Oriente baiano, Sônia ali com Vadinho, que cena, em *Dona flor e seus dois maridos* (1976).

Esqueço a Sônia Braga de tese e pego a Sônia Braga de tesão máximo. Que me perdoem os puristas, mas talvez seja a recordista de intenções masturbatórias. Ninguém no Brasil foi tão desejada até hoje. Duvido.

Do tempo em que o brasileiro se masturbava pelo ideal de beleza brasileiro. A pátria em riste, perdão, Sônia, tenho que ser, obrigatoriamente, rodriguiano nesta hora. Do tempo em que amávamos cabelos encaracolados, morena *mignon* e peitos do jeito que eles vieram ao mundo.

A mulher mais desejada da minha vida.

Não posso deixar ao mundo este livro das mulheres extraordinárias sem deixar isso bem dito.

Fernanda Torres

O fim da fantasia de que o amor transforma os homens

Tinha tanta coisa a dizer de Fernanda Torres, do que eu imaginava dela, que me perdi no caminho dos jardins que se bifurcam... Culpa de mãe...

Caminhava aqui pelo Posto 5, Copacabana, com minha família, vinda diretamente de Juazeiro do Norte, no que Fernanda, vestidinho tão simples, no dizer da minha mãe sertaneja, atravessava a rua para dar uma entrevista sobre o romance que acabara de lançar.

Comecei a reparar no vestido que minha mãe observara, vestidinho tão simples, minha mãe só fala disso até hoje.

Minha mãe não se conformava com uma atriz tão maravilhosa, no dizer dela mesma, andar assim, digamos, relaxada. Tão simples, tão magrinha, nem parece a Fernanda Torres, minha mãe, dona Maria do Socorro, não se conformava.

É ela, mãe, acredite.

Ela ficou feliz, mas não esquecia as vestes. É cidade de praia, mãe, são os modos e modinhas cariocas, tentei alertar *mi agreste madre*.

"Não, meu filho, mas está muito magra", dizia. "Quero ver ela aparecer com esse vestidinho na novela!"

Da lindeza desse encontro dos nossos mundos.

Donde fui em busca do teu romance: "As mulheres cultivam a fantasia de que o verdadeiro amor é capaz de transformar os homens. Quando isso não acontece, e isso nunca acontece, elas perdem o orgulho e viram esses farrapos que a gente vê por aí".

Tem coisa mais linda, simples, verdadeira e do nada? Parece minha mãe, roça de algodão desde os treze, quase nada estudou, falando da tua roupa.

Iria escrever outra coisa sobre ti, desculpa, mas foi no justo dia em que minha mãe chegou à minha casa.

E te achei magrinha demais mesmo ali no quiosque da Globo em Copacabana. Tão linda e tão magra. Não, não te transmitirei o recado materno, no que concordo: "Ela tem que pegar uns dez quilos, no mínimo".

Ah, mãe! Tinha tanta coisa a dizer e a lembrar de Fernanda Torres...

Não sei por que agora lembrei de ti dizendo "pollllvo" no filme *Eu sei que vou te amar* (1986), lembras? "O pollllvo, unido, jamais será vencido."

Vai saber o que a gente diz quando admira. Falaria horas do romance e, óbvio, inventaria uma briga pra gente discutir a relação a vida toda. Tu despertas a vontade de uma discordância, não apenas a crença no amor, talvez a vontade de um grande sexo depois. Eu acredito.

Leandra Leal

Porque o sol há de brilhar mais uma vez e a luz há de chegar aos corações

Essa mulher quando interpreta, Deus nos acuda, genialmente monstruosa, nem vou falar dos filmes, sequer tocarei em *A muralha* (2000), minissérie, tampouco nas mil e uma noites de novelas em que ela me deixou aos seus pés, voz rouquinha aos nossos ouvidos, carinha mais linda de todas as bonecas do mundo, nunca vi igual, me acabo por essa lindeza de luta e de loiça, revolta legítima, tanta força, tanta ternura, meu caro poeta.

Leandra musa, bem sabemos, do Cordão do Bola Preta. Leandra Leal no Rival, o teatro do centro do Rio sob o seu comando, e o bravo Wilson das Neves – ô sorte! – cantando as raparigas, no outro canto o xará Chico Buarque de Hollanda com a namorada, Rio de Janeiro, dia desses, sem data, nem me lembro.

Preciso dessa largada para recordar das coisas e das ideias em jogo... O mais lindo é que Leandra está na guerra. Lembro as manifestações de junho de 2013 no centro. A gente ali, lesado, se divertindo, como também é de direito, e a Leandra nos acordou para a vida diante dos protestos.

Bora, porrra!

Os professores da rede pública do Rio de Janeiro estavam apanhando da polícia. Porrada mesmo, como no cardápio de sempre.

Leandra interferiu de fato e de direito na parada, apesar dos cassetetes conseguiu frear os brutamontes, no que agimos todos, graças a ela. Leandra conseguiu de fato mudar a porradaria naquela hora, admiro muito essa mina.

Leandra é rua demais da conta, Leandra que ama e protesta, Leandra faz não somente a sua parte, Leandra faz por nós, nessa noite citada, por exemplo, fomos todos para a luta graças a ela.

Leandra é comovente como a ideia de Carnaval antes que a gente conhecesse o samba e coisa e tal...

Nunca vi tanta força no braço para enfrentar as patentes, ela sabe quem defende e sai do outro lado mais linda ainda, vai nos bastidores, interfere no que pode diante das autoridades, ô branquinha completa, entre a luta e a lindeza, quem dera lá em casa!

Marília Gabriela

A bela arte da pergunta

Marília Gabriela faz, desde sempre, o melhor programa de entrevistas da tevê brasileira. De todos os tempos. Talvez o único hoje em dia com magnitude, nunca com preconceitos, nunca com pegadinhas ridículas do suposto jornalismo "esperto". Como é admirável, poxa, como me orgulho dessa mulher. Que mulher é essa que não cede, como quase todos nós, à tentadora banalidade?

Como ela se prepara, seja com o presidente da República ou com algum personagem episódico e clandestino, para fazer as perguntas, nunca folcloriza, é uma filósofa da entrevista, uma Walter Benjamin de saias de tão incisiva, mas sempre afetiva, nas indagações e até nas suspeitas. Nunca haverá como ela, acredito.

Como ela tem respeito com todos, como ela não banaliza, só tenta entender as trajetórias, que mulher incrível, como a admiro, pergunta qual um Eduardo Coutinho do cinema em busca de boas respostas e a fim de entender os personagens. Seja uma máxima estrela, seja alguém no meio do caminho, seja um quase anônimo.

Isso é de suma importância. Que respeito. Que entendimento da narrativa de qualquer *persona*, que bom que ainda existe um programa de tevê assim, e creio que sempre será onde ela estiver. Essa mulher é demais, meu rapaz.

Admirável, sob todos os aspectos possíveis, Marília Gabriela, como se não bastasse toda essa minha crônica contida, é uma das mulheres mais lindas da tevê brasileira. Como amo e desejo, difícil aparecer outra igual na arte da pergunta e, principalmente, no respeito à resposta, seja ela qual for, dane-se, ela sabe disso.

Ela sabe tanto disso que, algumas vezes, pergunta como um oráculo, como se esperasse algo de sagrado na resposta, inclusive na dramaturgia em close com a qual ajeita os óculos e a pose de "eu sou inteligente, pô".

Talvez Marília faça uma paródia do que se pensa e se entende por ela mesma. Marília imita Marília em busca da redundância perfeita.

Alessandra Negrini

Ou Nelson Rodrigues em corpo e alma

A prova de que Alessandra Negrini talvez seja a mais tesuda, em todos os sentidos do termo, é que é sempre citada por homens e mulheres como a mais rodriguiana das fêmeas brasileiras.

Isso é pouco? Talvez não haja no mundo adjetivo mais intenso e bonito.

Óbvio que, até por não ser científica, a minha pesquisa Databotequim é a que mais vale. Ando pelo país inteiro e escuto, respeito as falas, os juízos, e quando se fala em Nelson Rodrigues... só se fala em Negrini. Sinto muito não poder fazer aqui, na prosódia, aquele vexame onomatopeico dos homens diante da gostosa-mor da porra.

Juro, não vou buscar agora, na minha coleção raríssima, a *Playboy* mais incrível já publicada nos tristes trópicos, não buscarei nada, só ouvirei a voz rouca das ruas.

Estou proibido, quero dizer, me sinto eticamente proibido. Ela é mulher de um grande amigo. Ela é ex de outro nobre camarada quase irmão. Ela viveu sempre na proibição minimamente ética. Um dia chegará a minha vez (risos), eu espero.

Por favor, não insista, não lançarei mão daquele ensaio clássico de *Playboy*, a melhor edição desde Gutenberg. Vamos testar a memória deste velho cronista. Escrever na contramão do Alzheimer erótico que já toma conta da massa cinzenta. Tentarei lembrar daquelas fotos, é preferível.

A Engraçadinha rodriguiana naquele mundo da Lapa carioca. Nunca mais esquecerei aquele momento, diante daquele espetáculo. Ela encarnou o melhor de uma dama da calçada. Em um corredor, talvez de um hotel de alta rotatividade, de botas, arrisco, a foto mais bonita do artista Bob Wolfenson.

Não, não cairei na tentação primária de reabrir a revista. Pacto é pacto. Prefiro suar o quengo para trazê-la de volta à memória, quadro a quadro.

Aqui, do Nova Capela, restaurante próximo ao cenário das tais fotografias, sinto o cheiro da passagem de tal dama. Até parece que ela adentra no ambiente e encara um cabrito, coradas, brócolis, vinho do Alentejo, fome de viver fora do script.

Alessandra Vidal de Negreiros Negrini. Sim, parente do homem dos livros de história, o bravo da Insurreição Pernambucana (1645-54).

Ela devora o cabrito como a Cleópatra que fez genialmente no filme do diretor Júlio Bressane. Tem a sutil maldade capaz, meu rapaz, de levar ao desatino um mosteiro inteiro com os mais religiosos dos homens. Basta aquela sua ameaça de sorriso, uma das suas mais belas expressões, para que o nosso mundo desabe.

Uma mulher capaz de sair do palco de Tchékhov em *A gaivota* e, nas ruas, engrossar o coro da massa: "Vai, Corinthians". Sim, amigo torcedor, ela ama o seu time. E, óbvio, há um tesão sem fim nas garotas que se devotam ao futebol.

Catarina Dee Jah

Completa selvageria dos trópicos

Digo logo de cara, vide bula: as sensações são prazerosas, os arrepios localizados vão além das zonas erógenas mais óbvias, invadem o cérebro, o cerebelo, o hipotálamo... Posso estar maluco, creio que não muito, eu aposto: Catarina – mais Volúpia do que nunca – é a artista mais inventiva da música dos trópicos. Da música sem rótulo obrigatório, da música dos canibais que comem de um tudo e devolvem bonito, sem data de validade, como os caetés ruminando o bispo Sardinha em Coruripe.

La buena onda. É tudo o que curte essa moça dependurada nas colinas, jardins suspensos das Olindas. Telefone sem fio com a Latinoamérica e com o resto do mundo, sobejo e barato do atlas vendido no camelô da esquina.

Gracias a la vida.

Mapa-múndi nas quadrinhas dos dizeres com acento funk, eternos mantras, vale-viagem.

Catarina é Diana, a caçadora. Catarina é a música que não tem vergonha de dizer seu nome no sistema de som mais arrombado dos tristes trópicos. Catarina é a retomada da *chanson* falada, como faziam Serge Gainsbourg, Jane e Herondy, Barros de Alencar e tantos outros.

Psicanálise selvagem, Catarina é terrorismo dionisíaco da pista, como na festa que promove, a Fogo na Shana.

Peraí, deixemos que a moça mesmo se explique um pouco: "Ser selvagem é ser fiel à intuição e nossos instintos mais profundos. É ser verdadeiro".

Pitty
"Digo que te adoro, digo que te acho foda"

Ah, vou chegar logo na levada da obviedade, a verdade está no óbvio e boia na espuma flutuante da cerveja da rua Augusta, nossos noturnos mares inventados, ali no bar do Bahia, perto de onde tu moras, perto de onde te vejo, perto de onde somos nós mesmos, perto do coração selvagem, perto da delegacia, o 4º Distrito Policial – sim, os tiras na maior tara, estou de olho, na tocaia grande, no movimento...

No mais... é aquela coisa, "digo que te adoro, digo que te acho foda", como pedes nos acordes dos teus melhores concertos, pedes, mas confesso, a esta altura da madruga, um alto teor de THC e sinceridade, ah, nada como uma roqueira baiana, uma destemida, a ti dedico mais este conhaque. Agora te vejo dentro de um táxi, atravessando São Paulo com o Paulo Leminski, garoa infinda, tu partes, turnês à vista, espero tua volta, sempre na mesma esquina, "só por hoje não quero mais te ver/ só por hoje não vou tomar minha dose de você", só por hoje te obedeço, só por hoje, escutemos "Úteros em fúria", clássico rock'n'roll baiano, só por hoje, chega.

Cintia Dicker

A ruiva existencialista

Também não a conhecia até ser atraído – o sol na banca de revistas – por uma capa de *Moda – Joyce Pascowitch*, que a mostrava com a metade de uns óculos sobre o azul do olho esquerdo.

Uma ruiva gaúcha egressa do município de Campo Bom vestida ao estilo das musas do existencialismo francês. A proposta da capa era essa. Acertadíssima.

La Dicker encarou o drama como quem repete na passarela: o inferno são os outros.

"Há algo mais existencialista do que uma modelo mergulhada no trabalho?", me perguntou certo dia, na margem esquerda do Capibaribe, Miss Soledad, minha cigana eterna.

Não, não há, respondo agora, anos depois, sob a influência de ruivos raios da garota da capa.

Meio desconexo ainda penso um chorinho sobre a internacional campo-bonense: algumas mulheres parecem ter chegado ao mundo dentro de um vestido Yves Saint Laurent. É o caso.

Elke Maravilha

A russa que reinventou a mulher brasileira

Елке Георгевна. Aí você há de pensar: que diabos faz uma russa neste livro? Donde sapeco: Elke Maravilha é o que deveria ser toda mulher brasileira. Nunca vi tão sábia, tão erótica, tão celebrativa, tão ecumênica e sem preconceitos, tão greco-baiana, como dizia meu amigo José Paulo Paes, o poeta de todos os cantos.

Assim como Clarice Lispector, ucraniana do Recife, Elke é uma brasileira de onde quer que ela escolha. Elke Georgievna Grunupp veio de lá pequeninha, com apenas seis anos. Tempos tristes na União Soviética do ditador Stálin. A família fugiu para os trópicos. Sorte nossa.

Brasileiro, cossaco como todo homem do sertão, confesso: que orgulho eu sinto de Elke Maravilha. Se a ditadura militar a prendeu e a fez apátrida em 1971, essa mulher mais do que extraordinária ganhou um exílio em cada um de nós, os homens de boa vontade. Os milicos ficaram putos, putinhos, porque Elke protestou contra a morte de Stuart Angel Jones, filho de Zuzu Angel, sua amiga.

Elke é uma danada. Casou oito vezes, com homens de tudo quanto é nacionalidade. Nunca quis ter filho. Sempre falou abertamente sobre isso. Prefere não. Pronto. Lindo.

Cidadania brasileira cassada pela ditadura, Elke ganhou exílio na pátria de Chacrinha e de Silvio Santos. Na bela macacada de auditório, ganhou moral, estima, consideração e reinventou o país que quis para abrigá-la.

Podemos dizer, na *buena*, que Elke Maravilha inventou também o que todo mundo imita até hoje: a performance televisiva. Câmera, ação e um recado pop de matar de inveja o Andy Warhol. No que diz, no que veste, no que respira de sinceridade.

Apátrida?

Ninguém ama mais o Brasil do que essa lindeza que veio do frio para esquentar nossas almas carentes de sabedorias russas.

Queria que vocês vissem Elke dissertando sobre Dostoiévski, o seu escritor preferido. Tive essa sorte. Melhor do que qualquer professor da USP. Só assim aprendi sobre crimes e castigos.

Outro dia a jornalista Anna Bittencourt, em uma ótima enquete para o site O Fuxico, pediu que Elke citasse uma grande notícia. No que Елке Георгевна respondeu: "Acordar respirando já é uma grande notícia".

Alessandra Berriel

Para acordar os homens e adormecer as crianças

Cena inesquecível da madruga paulistana nos anos 1990. Restaurante Pasta e Viño, também conhecido como bar do Pedrão, rua Barão de Capanema, Jardins.

Velhos homens de imprensa, artistas, notívagos, *flâneurs* e outros tipos de vagabundos no ambiente. Alguns cansados de shows, jornadas, plantões para fazer as manchetes que dariam, logo mais, na queda do presidente Collor, o histórico Collorgate.

O samurai pop de Barretos, Matinas Suzuki Jr., comandava a noite; Coppola, o sobrinho do homem do cinema, pulverizava o salão com mantras de filosofia da baixa Calábria; os caubóis do asfalto Mauro Lima e Abelha tiravam uma *buena onda*, enquanto o perigosíssimo Mr. Minalba, com sua cara de *serial killer*, sorvia a sua interminável água com gelo e limão.

Ela adentra a portinhola. Primeiro, um silêncio respeitoso de mosteiro. Na sequência, corações destravados, testosterona arrabiata, uma espécie de ola dos marmanjos. Ela chegava para acordar os homens e adormecer as crianças ao longe, como em uma canção de Carlos Drummond de Andrade.

Alessandra Berriel saía das capas de revistas e das passarelas do mundo para entrar nas nossas vidas, naquela tertúlia boêmia. Berriel, a beldade de Marília, interior paulista, da turma que abriu alas no planeta para a chegada da era Gisele Bündchen etc.

O caso aqui não é questão de passarela comparada ou torneio de beleza. Deusas não disputam o título de rainha da festa do milho, do morango, da uva ou das passarelas de Milão, Paris e Nova York. Cada uma a seu tempo, cada uma na sua hora: a história é contexto. Confesso a minha queda, porém, por Alessandra. Fala mais aos homens no faroeste da existência.

Berriel naquele vestido pós-barroco de lacinho, gargantilha em sete camadas de pérolas (é isso mesmo?), mão esquerda na cintura, mão direita levando uma Diet Coke à boca. Ao fundo uma geladeira aberta, ovos, laticínios, ketchup... Era apenas uma foto publicitária, mas uma foto inesquecível, peça que caberia bem em qualquer museu de arte moderna.

Corta da passarela para Nova York, onde viveu recentemente. Corta da madruga do Pasta & Viño direto para Marília, onde se diverte com negócios, família, fazendas. A mãe do Lorenzo está ainda mais abusadamente extraordinária.

Carolina Dieckmann

Caso de amor, tesão e ternura

Oi, Carol, oi, Carolina, eu sei que foi chato pacas, gastaste com advogado e tudo, mó rebu, também fiquei puto com aquele pilantra que roubou tuas fotos íntimas do computador e fez chantagem pública. Coisa de homem fraco, idiota é pouco para qualificá-lo, estive contigo, aqui de longe, minha solidariedade total e irrestrita.

Carolina, em respeito, não cliquei em nenhum momento qualquer link do caso, mas uma foto um tanto quanto singela, publicada em tudo que é portal da vida, apesar de toda a mídia sabendo da gravidade do episódio, me fez te admirar mais ainda.

Não me leves a mal, não adianta mais segredos, mas aquela fotinha que ainda hoje está disponível a um simples toque no Google disse muito do teu mundo. Aquela foto em que tu sorrias para o teu homem na porta do banheiro de casa. Nunca vi imagem tão amorosa, tesuda e terna ao mesmo tempo. Coisa bonita e sincera de quem ama e se devota.

Era tão somente para ele, o felizardo, homem de sorte... Aquela imagem clandestina, porém, continha e contém todos os fragmentos do discurso amoroso. Vale por um manifesto, um libelo, uma carta aberta – mesmo a contragosto – a favor do amor sincero.

Diante daquela fotografia clandestina, recitei, cá para mim mesmo, em um rápido delírio, uns versos do Mario Quintana:

"Senhora, eu vos amo tanto
Que até por vosso marido
Me dá um certo quebranto".

Céu

A mulher que toca fogo no Paraíso

O que dizer da Maria do Céu? Nada, ela é tão competente e linda que a gente fica sem arriscar palavra. Mas merece, sim, uns benditos e uns malditos dizeres, sempre.

Ela, mais que ninguém, sabe que a vida é muito diferente.

Peraí, tá ruim isso. Amo essa nega. Essa mulher é muito linda para tal enunciado. Não merece.

Uma cantora e compositora brasileira com a melhor pinta na ponta do nariz do mundo. Os mistérios do planeta. Nunca houve uma pinta na ponta do nariz como a dela. Isso é pouco, uma vez que uma pinta na ponta do nariz diz tudo sobre a existência?

Uma sereia *bloom*, como dizia um disco dela, *Caravana sereia bloom*. Foi assim que a vi naquele festival Rec-Beat, o Capibaribe juntando-se ao Beberibe para formar um Atlântico de testosterona de tantos marmanjos babando, Recife, ano da graça de 2012.

Mil e uma noites de amor, ela canta, sendo ela própria o enredo, a narrativa, a Sherazade que nos leva para o final da história.

Sorrio no pensamento do não pode, mais uma extraordinária mulher proibida. Um amigo que a namora e ama me olha fantasiado de cangaceiro, corisco, a peste. É Carnaval, mas mantenho o respeito.

Logo mais, ali do outro lado da ponte, Paulinho da Viola cantaria "Para um amor no Recife".

Deixa quieto, maestro, quando ela canta, mulher linda com todas as verdades, o mundo se bole por uma razão diferente.

Betty Faria
Linda, plena, verdadeira e destemida

Meninos, eu vi a Betty Faria saindo de biquíni depois de um mergulho no Leblon. Linda, plena, destemida, sete ponto dois com louvor, digo, 72 belos anos de idade.

Confesso que o meu desejo por ela não envelhece. Continua o mesmo de toda uma vida. Foi uma sensação ao vê-la. O sol por testemunha não me deixa mentir neste caso de amor envelhecido em barris de bálsamo.

Betty não dá mole para os caretas, não dá a mínima para os babacas, Betty dá uma solene banana para quem se mete na sua vida e nos seus trajes de banho. Tristes trópicos e suas patrulhas permanentes, faço coro com Betty.

Faço coro com Betty, libero uns muxoxos envenenados e sintonizo a reprise da novela *Água viva* (1980). Ah, genial, Betty faz a Lígia.

Meu desejo não envelhece, muito menos pergunta a idade daquelas que o despertam. O tempo rebobina a mesma tara e a mesma má intenção de antes.

Algumas mulheres extraordinárias têm o poder de conservar intacto o sentimento dos homens. Betty é um dos casos mais notórios dessa categoria feminina inabalável.

Betty sai de biquíni, praia do Leblon, Rio de Janeiro, fevereiro de 2013, e o alumbramento faísca nos meus olhos sem carecer reprise de algum teledrama.

Ali estão todas as Bettys, da Sônia Maria de *Os acorrentados* (1969) até a Pilar Albuquerque de *Avenida Brasil* (2012). Ali, como um banho de água fria nos recalcados da patrulha tropical, está a mais inteira das mulheres da tevê e da vida sem maquiagem.

A Betty em todos os planos e closes, em todas as idades da loba, a Sandra de *Pigmalião 70* (1970), a Joana de *Cavalo de aço* (1973), a Guiomar de *O bofe* (1972-73), a Lucy Jordan de *Pecado capital* (1975--76) e todas as Tietas possíveis que representam o sonho da volta por cima da carne-seca.

Sem falar – rebobina, meu amor, rebobina! – na moral de uma Salomé gostosona, de calcinha e capa vermelhas, beição levantado para o horizonte, como se a dizer assim: os cães ladram e a Caravana Rolidei passa. A Betty do cinema. *Bye Bye Brasil*, 1979, filme de Cacá Diegues. Meninos, eu vi um Brasil na tevê, como cantava o Chico Buarque na trilha.

Eu dei a sorte grande de vê-la de biquíni saindo do mar. Meu desejo por Betty Faria é algo de novo debaixo do sol, que me perdoe quem escreveu o Eclesiastes.

Débora Nascimento

Clorofila do Hulk, fotossíntese da humanidade

Lembro muito bem da baba clorofilada sobre o queixo do Incrível Hulk. O gigante verde pirou diante de Débora Nascimento, nas filmagens no Brasil do longa safra 2008, no qual ela atuou.

Vi a cena, mas vale mais ainda a lenda inventada agora mesmo. Não é todo dia que se juntam duas criaturas que julgo naturalmente incríveis. Essa nacionalíssima morena e o meu herói predileto, com aquele seu jeitão carente, um típico habitante do reino da Carenciolândia, a terra onde os fracos têm vez, não obrigatoriamente os heróis.

O Incrível Hulk, o mais desprotegido dos super-heróis do planeta, impassível na presença da brasileiríssima garota de Suzano e da Vila Matilde, em São Paulo, SP. Deu dó do Incrível.

Imagina se o Hulk visse a Tessália, flor do bairro, deusa dos suburbanos corações que a Débora incorporou na novela *Avenida Brasil* (2012). O incrível monstro verde se rasgaria todo, sem carecer de metamorfose, demasiadamente humano. Sorte é que José Loreto acalmaria bonitinho o Hulk. O amor pode tudo, o amor reverte a mais monstruosa das clorofilas. Zé, com todo respeito, resolveria o drama.

Fernanda Takai

Ao oriente do Oriente, lá por trás daquela serra

I
O que me intriga:
Por fora, cigarra
Dentro, formiga.

II
O timbre macio
Dizem que veio
Da serra do Navio.

III
Se é meiga
Sou eu que derreto
Qual manteiga.

IV
Bashô na fonte
Haicai de orvalho
Belo Horizonte.

V
Pato na Pampulha
Quém, quém na água
Vinil na agulha.

Lídia Brondi

Tão longe da tevê, tão perto da imaginação

Lídia Brondi, insuperável companhia de tantos enovelados jantares em Juazeiro e no Recife. Educação sentimental televisiva na hora em que estamos comendo, na mais familiar das mesas, é sentimento para sempre.

Amo Lídia Brondi e comigo uma legião sem fim pelos Brasis dos grotões, pelos Brasis metropolitanos, pelos Brasis e suas aldeias universais.

Amo a nacionalíssima beleza de Lídia Brondi, suburbanos corações ainda sem a indecente correção da ortodontia dominante.

Assim como o poeta Vinicius de Moraes, na sua receita de mulher, admirava uma hipótese de barriguinha, eu tenho queda por uma hipótese de dentucismo.

Infelizmente acabaram com as dentucinhas, que criminosos agentes da estética fajuta.

Maldita ortodontia!

Sem falar que Lídia Brondi foi e será sempre a mais linda falsa magra da história da tevê e do cinema brasileiro de todos os tempos.

Lídia Brondi é uma das atrizes que mais admiro, digo, amo. Agora vem no rolo sem fim do projetor do inconsciente o filme *O beijo no asfalto* (1981), de Bruno Barreto. Lídia fazia a Dália. Difícil uma atriz ter sido tão originalmente rodriguiana como ela. Menina-mulher, sagrada-profana, tesão-devoção, nada chegou mais próximo, em carne e osso, da escrita de Nelson Rodrigues.

Eu amo Lídia Brondi e acho genial que ela, depois de tantos filmes e tantas novelas exemplares, tenha optado, ainda nos anos 1990, por outro caminho. Foi estudar psicologia e hoje atende em uma clínica na zona norte de São Paulo.

Sábia decisão questionada há séculos pela mídia fofoqueira da Candinha.

Dizem que La Brondi fez opção pelo anonimato. Só rindo. Fez opção por continuar sendo gente de outra maneira, ora pois. Aliás, que belo exercício de liberdade. Que saco manter o mesmo enredo de vida para sempre!

Eu passei a amar ainda mais Lídia Brondi inclusive por essa decisão acertadíssima. Deve ter vivido algum conflito, como é natural no jogo dramático da existência, para se retirar da cena óbvia do mundinho artístico.

Conseguiu, porém, com muita decência, mudar de rumo profissional e se inscrever em certa normalidade, uma atuação longe dos holofotes e, quem sabe, bem mais perto dela mesma.

Sim, agora me lambuzei todinho na maçã caramelada do piegas, confesso. Como curto esse momento lindo. Só no piegas está o mínimo das sinceridades.

Eu e a torcida do Flamengo amamos a Lídia Brondi. Eu e a torcida do Corinthians. Eu e a torcida do Icasa de Juazeiro amamos a Lídia Brondi.

Optou pelo anonimato uma pitomba.

Simplesmente escolheu outro canto, outro jeito, são tantas maneiras de viver a vida, minhas crianças.

La Brondi, inesquecível Verinha de *Dancin' Days* (1978-79), sabe, mais do que ninguém, que isto aqui, iaiá, isto aqui, ioiô, é apenas um baile no qual todo mundo dança no começo, meio e fim – e a minha cuca ruim, como o Ronnie Von completaria com a sua música.

E segue o baile na pista.

Mais uma, Orquestra Imperial, *play it again* DJ Dolores, toca Barry White, meu nobre Jr. Black, aquela clássica, em louvor da Lídia Brondi, a faixa "Love Making Music", uma das melhores canções para fazer amor de todos os tempos.

Acendo o king size sem filtro do pós-sexo imaginário e rebobino no juízo as cenas de *O beijo no asfalto*. Lídia Brondi, Lídia Brondi, Lídia Brondi...

Bárbara Eugênia

Quando o amor estoura os gomos da pupila psicodélica

Eu tenho tanto pra te falar... Que repetirei aquele papo sobre teu grande disco, embora te deseje além, muito além, do que cantas. Não adianta inventar moda quando o cronista tira do peito, qual o gago apaixonado da música do Noel Rosa, o mesmo sustenido coração de sempre, para falar de uma mulher que faz o cara furar o disco e depois cavar o próprio abismo.

Não, amigo(a), para o bem ou para o mal, Bárbara Eugênia não é uma cantora/compositora "fofa" nem fez um disco idem. O mais fácil e confortável dos adjetivos da safra não lhe cabe, murmuro, digo, redundo, aposto, carimbo, cutuco: *Journal de BAD* vai além, muito além, é disco grande.

Guardemos a tentação ou a ideia de fofura no bolso ou no palato. Ela desconstrói sem carecer de tese. Com a música. Fichas na jukebox, moedas na radiola, prepare seu espírito flamejante para uma trilha passional capaz de reacender, num curto-circuito, todos os corações de néon da cidade, esquinas, fachadas, motéis, lares, cabarés, tudo muito romântico.

"Bleeding my heart, oh no", canta a moça, com a justa noção de que o amor cabe e estoura os gomos da pupila na levada psicodélica dos faróis. O mundo é uma laranja.

No acento do rock ou na *chanson*, principalmente nesta última, o amor cabe mais apertado ainda. Música cosmopolita contemporânea, maestro, devidamente matizada nas cores dos trópicos, com a Harley-Davidson de Gainsbourg ao fundo, *please*, muito barulho nessa hora.

Não obrigatoriamente um(a) cantor(a) parece mais verdadeiro(a) quando interpreta e masca os seus próprios vocábulos que compôs, caso da maioria das faixas desse disco. Bárbara Eugênia, carioca que vive em São Paulo, cercada de gente do mundo todo, ela se parece, sim, muito verdadeira. Ela acredita nas suas composições, como quem acorda, pega a trilha de sonhos e submete ao assobio do namoro novo ou afoga tudo na quentura da manteiga que derrete nos cafés das manhãs.

Na legítima fuga do amor que trava ou enferruja no calendário (escute a música "Agradecimento") ou no medo do goleiro diante do pênalti ("A chave"), cuidado frágil – este lado para cima! –, aí vem a moça cronista do infortúnio e da ventura amorosa, cotidianos em desabridas letras.

Eu tenho tanto pra te falar que repito, qual um papagaio pop *ad infinitum*, a lírica ladainha de sempre. É que o mundo também precisa saber do meu amor que só tu sabes. E repara que nem falei das tuas interpretações de Diana, a Diana safra 1972, clássico do romantismo brasileiro. Amo todas as duas. Nunca briguemos.

Bárbara Eugênia é um arrastão de epifanias e encantos. De vestidinho, no palco, cantando em francês, é a própria *petite mort* tão falada em Paris.

Martha Nowill
A invenção do pecado sem perdão

A menina que inventou pecados pra primeira comunhão, como confessa em um dos seus escritos, me faz pecar por pensamentos, palavras, obras, atos e omissões.

Inventar pecados, verossímeis aos ouvidos do confessionário, é uma grande arte. Só na ficção atingimos Deus.

E assim Martha Nowill, atriz, poeta ou simplesmente uma graça divina de são Walt Whitman sobre a Terra, nos conduz a danações e incêndios nada veniais.

Fáustica tentação, poesia e drama, vermelho-russo – como no batismo da sua gaveta internética de achados e perdidos.

De forma solene, como em um soneto, ou em uma madruga no bairro da Liberdade, sob a luz *blue velvet* de um karaokê para corações entorpecidos. Donde miss Nowill solta a voz e resgata as criaturas da noite – mesmo as mais fatigadas – das reprises de sonhos mofados. Como no misterioso fabulário de Neil Gaiman.

Agora talvez estejamos no ano da graça de 2003, entre velas e trevas. A menina que inventou pecados está na pele de Martírio e habita *A casa de Bernarda Alba* em uma montagem do diretor Dionisio Neto. Como esquecer da viagem dentro daquela noite em sombrias instalações do conde Matarazzo?

No cinema, a Drica de *Entre nós* (2014, direção de Paulo Morelli) é o quê, senão uma generosa intenção de pecado? Do mesmo capítulo "Das danações da atriz Martha Nowill", a moça que transformou um sacramento em arte. Sem mastigar a hóstia consagrada.

No momento em que me devoto nesta crônica ajoelhado, reparo que ela está com uma trupe de atores em Moscou, certamente a maldizer o Putin e outros déspotas. Pelo que a conheço, dirá Maiakóvski em algum bar na madrugada, talvez aquele poema que fala que "gente é pra brilhar" etc. Creio que também diga outro a respeito do amor do poeta pela sua Lili Brik, o do juramento: "Amo firme, fiel e verdadeiramente".

Cleo Pires

Poema de travessia e desejo

"Há um tempo em que é preciso abandonar as roupas usadas..."
 Não pense (ainda) em algo erótico, caro leitor de imaginação precoce. Trata-se de Fernando Pessoa, o poeta, em "Tempo de travessia".
 Cleo fez questão de tatuar o poema na perna para a capa comemorativa dos 35 anos de *Playboy*, em 2010. Tatuagem provisória, de hena, mas verdadeiríssima e condizente com o seu espírito de urgência e reinvenção.
 "Há um tempo em que é preciso abandonar as roupas usadas... Que já têm a forma do nosso corpo..."
 E Cleo despiu-se lindamente. Agora pode soltar a imaginação ou procurar as fotos da moça, cúmplice leitorado.
 Cleo estava numas de esquecer os caminhos que nos levam sempre aos mesmos lugares, como vaticinara o gajo da poesia.
 O problema de Cleo, porém, não é somente de travessia. São outros os seus problemas, são muitos, são tantos e tão lindamente humanos, que não darei conta por mais que estique esta crônica do amor louco.

Cleo é boa atriz televisiva, deveras; Cleo tem sorriso fácil e talvez o jeitinho mais safado e sexy das celebridades interplanetárias; Cleo tem pedigree de artista que bate com o imaginário popular brasileiro – mãe Gloria Pires e dois pais românticos, os galãs Fábio Jr. e Orlando Morais, um natural e biológico, e o outro naturalmente amado.

O problema de Cleo é que muita gente inveja até os seus supostos defeitos de fábrica. Juro que não sou capaz, por mais observador das grandes mulheres, de identificá-los.

Nada é assim tão leve e suave para ninguém, óbvio. É tanto que Cleo – mais uma vantagem para a moça –, anote aí no seu caderninho, faz análise, tem crença no velho Freud.

Cleo, no entanto, vive leve e suave na nave. Não conheço atriz mais zen com a imprensa, por exemplo, mesmo em momentos de calúnias. E repare que isso não é nada fácil. Leve no sentido de dizer o que pensa, sem medo da Candinha e suas futricas. Aqui mesmo, ao meu lado, acabou de dizer, no programa *Amor & sexo*, que gosta de filme pornô, tem tesão e se diverte, ponto, sem essa de caretice.

Cleo diz as coisas com tanta leveza que desmonta, de cara, as intriguinhas. Tem a manha, tem as armas de Jorge.

Agora de volta à imaginação e ao erotismo, um dos objetivos deste livro, viajemos juntos no delírio dionisíaco. O mais problemático no mundo de Cleo: ela é o melhor tipo de mulher desta vida.

O problema de Cleo Pires é a peleja do talento com a gostosura, como em um cordel de Deus e o Diabo na terra do sol. Mas esse é um problema nosso, que perdemos o foco quando queremos tudo. Como na vida. Ela tem ambos os mundos. Pronto.

Cleo, concluo, é problema nosso. Como a vemos, como a sentimos. Nem grande nem pequena, a conta certa, sem falar daquele jeitinho de ela piscar pra gente e flertar com a humanidade. Quem pode com uma coisa dessas? Está para nascer o homem.

Lea T

Te amo em número, gênero e grau

Querida Lea T, viraste mulher e fui o último que soube. Isso não se faz, mas como não te perdoar, se o amor tudo pode?

Perdoadíssima estás.

Já eras a mais bonita brasileira mesmo sem operação alguma. O arquivo vivíssimo deste cronista prova o que disse quando ainda, anatomicamente, eras homem. Não importa o quadradinho que tu preenchas na ficha do hotel: não fere o meu lado masculino, como canta o Pepeu.

Lea, eu poderia ter ido contigo a Bangcoc e segurado na tua mão na hora do mais epistemológico dos cortes. Conheço a Tailândia e poderíamos passear depois. Nós nos divertiríamos como nunca.

Mas deixa quieto, Lea, o motivo desta é tão somente te pedir em casório.

Por escrito é a segunda vez que rogo a uma deusa o privilégio de tal sacramento apostólico romano.

Havia pedido, em público, apenas a mão da Luiza Brunet, depois de uma epifania na Flip, em Paraty.

Sei que tens um mundo a teus pés, os modernos de Milão e Londres etc.

Mesmo assim insisto: casa comigo!

Não tenho lá essas posses, mas te garanto casa, comida, roupa lavada e cafunés. Não sou lá grandes coisas, mas junto a ti viro o mais orgulhoso dos machos.

Te beijo na boca em pleno Ba-Vi, nas arquibancadas do Barradão ou de Pituaçu. Depois vamos jantar com o Toninho Cerezo, o sogro dos sonhos, no Rio Vermelho ou derredores.

Saudemos a escritora Simone de Beauvoir, Leazinha. Não se nasce mulher, torna-se mulher, como lembraram, em lindo texto sobre ti, as meninas Bruna Narcizo e Thaís Botelho, na revista *IstoÉ Gente* – saiba que acompanho tudo sobre a sua vida e obra.

Tu te tornaste a mais bela delas, menina Lea. Esse corpo agora te pertence.

Com respeito, admiração e o amor possível, teu noivo platônico, Francisco.

Malu Mader

O jeito simples de aparecer nos sonhos

Malu Mader é aquela mulher que não carece da tevê ou da fama para você, digo, a gente admirá-la. Você teria a inevitável queda por Malu Mader, talvez uma paixão fulminante, na situação mais anônima possível. Ela buscando os filhos na frente da escola, por exemplo, ela na seção de hortifrútis do supermercado, ela comprando um livro na Travessa de Ipanema, como testemunhei certa tarde-noite.

Aquelas sobrancelhas com acento árabe não são para amadores, aquela voz, Malu Mulher, reverbera na cabeça do mais resistente e distraído dos Ulisses.

Calça jeans, camiseta branca, sandálias havaianas. Assim vislumbro, em sonho ou realidade, Malu Mader.

Taí uma coisa que Malu Mader não tem: a capacidade de aparecer solene nos sonhos masculinos, que coisa mais nobre e bonita: faz questão de fazer que nada está acontecendo, aí nos mata a todos, impiedosamente.

Ela é igual à boa literatura: não carece de solenidade ou babados na vestimenta, zero rococó essa moça, quanta violência, quanta ternura, como nos versos do poeta Mário Faustino.

Sabe como Malu Mader fica mais bonita, acho que já a vi desse jeito, sei lá quando e onde: displicentemente vestida de camisa de mangas compridas de homem. Pisando nos astros, distraída. Como quem não quer nada. O que é essa mulher? Nem o vento sabe a resposta, prezado Bob Dylan.

Brenda Ligia
Das melhores coisas do mundo

Cleópatra (69 a.C. a 30 a.C.) era negra e se chamava Brenda Ligia, porque Cleópatra era sábia de saber-se negra, nem precisei investigar tumbas em Éfeso para saber disso. Não é preciso ser Indiana Jones, basta olhar para Brenda Ligia, senhoras e senhores, basta ouvir a sensacional Brenda Ligia no samba de Bocato e do Clube do Balanço, basta, chega.

Jorge Benjor, todo cheio das Domingas, Berenices e Jesualdas, deve morrer de inveja de não ter chegado antes nessa fita. Brenda Ligia é faixa obrigatória. Das melhores coisas do mundo, como ela está no filme da diretora Laís Bodanzky. Da história da riqueza do homem. E como eu a amava numa simples propaganda da Nossa Caixa/Nosso Banco. Nossa! O amor pelas coisas simples e pelas mulheres idem.

Era pouco para o mulherão e o talento, mas ela faz tudo com muito gosto. Um reclame vira um épico. Não importa o canto. Pode ser no palco de um bar do Itaim, em SP, mata-me de rir, pode ser lá em Fernando de Noronha, no filme *Sangue azul* (2013), de Lírio Ferreira, pode ser em Ibiá, Minas Gerais, terra de origem.

Assim foi Brenda Ligia também nos filmes *Fortunato e Justina* (2013), *Todas as cores da noite* (2014), *Bruna Surfistinha* (2011) etc. Brenda Ligia não entra para brincadeira, embora seja a pessoa mais engraçada do mundo. Assim foi Brenda Ligia nas séries *A mulher do prefeito* (Globo), *Beleza S/A* (GNT), *9mm – São Paulo* (Fox) e *Somos 1 só* (TV Cultura).

Sensacional Brenda Ligia, como no balanço da música homônima, Brenda Ligia é Cleópatra negra banhada de leite por imaginações tantas. Brenda Ligia, quando chega aos lugares, os lugares ficam povoados por todos os orixás.

Imagino Brenda Ligia numa foto *sauvage* de Pierre Verger, imagino Brenda Ligia com sua graça ao infinito, imagino Brenda Ligia inventando um Deus para mim, um Deus que dança, que faz piruetas, mungangas, esgares, momices, um Deus melhor do que aquela falta de fé do Nietzsche, Brenda Ligia é a própria provação divina cá neste pobre e azulado planeta, eu, quase ateu, ajoelho e boto fé. Ela faz milagre em qualquer tenda.

Vera Fischer

em dois momentos

I — HELENA ETERNA QUE FLANA NO LEBLON

Vera vaga no Leblon como se não fosse Vera Fischer. Como se não fosse sequer uma Helena nas mãos do novelista Manoel Carlos. Vera flana, talvez sem rumo, sem papel, sem roteiro.

Havia perdido há tempos o desejo de seguir, decentemente, uma mulher pelas ruas, arte que cultivei por décadas. Vera me trouxe de volta à saudável tara. *Voyeur*, eu sigo a catarinense que tingiu de loiro o imaginário sexual do homem brasileiro.

Vera, o impacto europeizante que chacoalhou a morenidade de Pindorama. Assim falou Gilberto Freyre, quando o Brasil ainda nem imaginava que a Europa se curvaria a Gisele Bündchen.

Vaga Vera às quatro da tarde no Rio de Janeiro dias depois de completar sessenta anos. Quatro da tarde é a melhor hora de uma mulher, segundo o amigo e santo Jayme Ovalle – Manuel Bandeira até pôs essa crença em um poema. A hora em que a mulher está com o melhor cheiro.

Vera talvez continue sonhando com o James Bond, digo, o ator Pierce Brosnan, como declarou a uma revista. Agora Vera curte homens mais velhos.

Vera para na banca de rosas. Talvez ninguém mereça, neste momento, nem o buquê mais barato. Vera segue apenas com as flores que carrega na estampa do vestido à moda Helena.

Os tempos são outros. Vera agora bebe no Bibi Sucos.

Segue rumo à Livraria Argumento. Conto os seus passos. O andar amaciado tem ritmo de uma bela canção americana. Vera folheia livros de fotografia, como se esquecesse do tempo.

Um autógrafo, por favor, pede um moço. O tarado a mede dos pés à cabeça. Quase intervenho, tomado por um ciúme intempestivo. Como se naquele passeio somente meus olhos tivessem esse direito.

II — CARTA ABERTA A VERA FISCHER OU O ESCÂNDALO SÃO OS OUTROS

Estimada Vera, é com atraso, mas com o amor ungido nas cinzas carnavalescas, que te endereço estas mal traçadas. Os manuais de cardiologia recomendam, e os homens de boa vontade obedecem: não é bom guardar tais sentimentos. As minhas desculpas por retomar a chatice do tema. Espero que compreendas. Os selos desta carta foram grudados com a resina da compaixão, jamais da pena, sei que me entendes.

O motivo desta é para dizer que, assim como existe a vergonha alheia, estou com a ressaca moral alheia. Não por ti, obviamente, mas por essa gente, incluindo coleguinhas e santinhos do pau oco de plantão, que exploraram, urubusisticamente falando, o teu porre de Carnaval.

Porre + Carnaval, vai somando aí, gente fina.

Gostei do Miguel Falabella. Neguinho veio cheio da malícia querendo uma declaração moralista, donde ele sapeca, bonito, elogios ao teu profissionalismo como atriz. E pronto, e priu, como se diz em Pernambuco.

Ora, um pileque de Carnaval, cheio daquelas verdades necessárias que soltamos justamente no luxo dessa hora. Na minha terra, nas minhas tantas terras, notícia no Carnaval é encontrar alguém sóbrio na folia – os amigos dos retiros espirituais não contam, com todo respeito.

Parece aquele velho conceito do que é ou não é notícia. Se o cachorro morde o homem, dane-se, não há menor novidade nisso. Notícia é quando o homem morde o cachorro – se bem que hoje basta um ator se espreguiçar no aeroporto, como aconteceu recentemente, que já vira #rashtégui.

Aguentar sobriamente um camarote daqueles, querida Vera, impossível. Ainda mais com uma turma que homenagearia a história oficialíssima da tevê, arre, que saco. Isso é bom em um documentário de domingo, não no mundo momesco e fantasioso.

Foste a vingança de muita gente, foste Vera, a superfêmea, como no título daquele filmaço que fizeste com o diretor Anibal Massaini Neto. Foste a grande mulher de sempre, sem mentirinhas ou nove horas, um rosto demasiadamente humano no meio da farsa e da picaretagem nota zero em harmonia.

Sim, o preço é alto, Vera. Está ficando cada vez mais caro ser mais ou menos parecida com a gente mesma. É a grande inflação brasileira do momento. A economia moral – nem os romanos antigos foram tão bons nisso – é a cara de pau.

Repito: estamos tratando de um porre carnavalesco. Nem caberia o critério da genial Ângela Rô Rô: "Dou gargalhada, dou dentada na maçã da luxúria, pra quê?/ Se ninguém tem dó, ninguém entende nada/ O grande escândalo sou eu/ Aqui só".

O escândalo *c'est moi*, caro Flobé.

Era só este breve buquê demodê de palavras, Vera, que este cronista, sempre com nó na garganta, tinha para te ofertar.

Com o amor, carinho e um beijo nada técnico, Xico Sá.

EM MEMÓRIA

Marina Montini

A mulata com pássaro

Quem viu primeiro foi o pintor Di Cavalcanti nos anos 1970. Um alumbramento diante de um cartaz com a moça nas ruas do Rio de Janeiro. Lá estava ela em um anúncio de pneus. A mulata seria a musa e modelo vivo para o resto dos dias: Marina Montini (1948--2006). O tipo de encontro que influenciou uma grande obra. Não era para menos.

Fui apresentado ao colosso de Vila Isabel pelo próprio Di. Nas páginas de uma revista *Status* de 1976. Ensaio para sonhos de um jovem imberbe. Seria uma paixão desmedida. O sonho era conhecê-la. No começo dos anos 1980 me larguei de ônibus do Recife para o Rio de Janeiro na tentativa de encontrá-la. Flanei pela cidade em busca do amor platônico. Na redação da revista *Manchete* obtive vagas informações.

Ao terceiro dia, dormindo em um pardieiro na Lapa, soube que La Montini era sempre vista na pedra do Leme. Gostava de comer um peixe ali nos arredores. Bati pernas, vaguei, inocente, puro e besta qual um lambari no açude quase seco da minha terra.

Garçons, maîtres, donos de bares, restaurantes e boates do Rio estranhavam a minha perseguição. De tanto perguntar, encontrei a mulata do Di, patrimônio histórico da humanidade, em uma noite agitada do Café Lamas, no bairro do Flamengo.

Quem disse que havia coragem para chegar até a mesa? Quem disse que eu tinha grana pelo menos para tomar um chope e pagar de *voyeur* ao longe? Quem disse? Tremia. Ensaiava um papo aranha.

Resolvi esperá-la na frente do restaurante. No começo da madrugada, La Montini deixa a casa. Em um rompante, colo naquele mulherão de encanto de um metro e oitenta, meu radicalíssimo encanto. Titubeei mais do que o gago apaixonado de Noel Rosa.

Consegui, porém, concluir a minha sina de devoto. "Marina, vim de longe para te ver." Foi a única sentença que consegui elaborar naquele nobre momento, boca seca, nervosa, não era capaz de nada, nem de me fazer de doido e gritar o grito dos acuados.

Ganhei um dos beijos mais significativos da existência. Aquele tímido beijo no rosto me renderia outros sonhos intranquilos. Na mesma madrugada voltei realizado para o Recife. Era como se tivesse pintado a tela *Mulata com pássaro* junto com o Di Cavalcanti.

E também às deliciosas musas que já se foram:

Dina Sfat (1939-1989)
A mulher mais extraordinária (e todos os adjetivos do mundo) da tevê brasileira. Sofri deveras com a morte dessa artista. Como no título do seu livro, *Palmas pra que te quero*, é isso o que nos resta fazer nesta louvação à existência dela.

Sandra Bréa (1952-2000)
Foi minha primeira ideia de amor platônico ainda na tevê a válvula. O maior símbolo sexual do Brasil de todos os tempos. Ponto.

Marietta Baderna (1828-1870)
Tão linda e disposta que o seu sobrenome deu origem à palavra baderna e virou sinônimo de agitação e vadiagem. Era uma bailarina italiana que reinou, abrasileiradíssima, no Rio, por volta de 1850.

Bárbara de Alencar (1760-1832)
Primeira presa política do Brasil. A revolucionária do Crato se engajou com os filhos, que estudavam no Recife, na Revolução Pernambucana de 1817 e na Confederação do Equador.

Pagu (Patrícia Galvão) (1910-1962)
Já aos quinze anos, nos anos 1920, a jornalista e escritora paulista mostrou a que veio. Escrevia textos comuno-anarquistas e andava na contramão das modinhas de fêmea. Sua crônica "Tezoura Popular", no jornal *O Homem do Povo*, continua mais moderna do que qualquer colunista fashion da nossa era.

Dadá (1915-1994)
A entrada de mulheres no bando de Lampião já foi uma quebradeira geral nos tabus. A macharada temia que o grupo ficasse fraco e vulnerável. Muito pelo contrário. Sérgia, vulgo Dadá, mulher de Corisco, foi a única que pegou em armas, atirou de fato contra os inimigos e revelou-se mais corajosa que a maioria dos homens.

Luz del Fuego (1917-1967)
Linda como todas as mulheres da terra de Roberto Carlos e Sérgio Sampaio, a artista Dora Vivacqua honrou o pseudônimo. Ergueu a bandeira do naturismo – todo mundo nu!, bradava em todos os lugares – e zelou pela causa das vadias até a morte.

Leila Diniz (1945-1972)
Bagunçar o coreto era com ela. O Rio dos 1960 e 1970 que nos diga. Toda mulher é assim meio Leila Diniz, como canta a Rita Lee?

Clarice Lispector (1920-1977)
Carece falar dessa ucraniana? Melhor a gente abrir os seus livros mais uma vez.

Hilda Hilst (1930-2004)
A loucura, com latidos de cães ao fundo, que eu queria para mim.

Ana Cristina Cesar (1952-1983)
Minha poeta. E pronto.

Agradecimentos extraordinários

A Aína Cruz, pela tradução genial e particularíssima (do francês ao português) do livro *Claudia Cardinale*, de Alberto Moravia (editora Flammarion, Paris, 2010). A edição inspirou este volume.

A Alcino Leite Neto, que me apresentou a edição francesa do Moravia e teve a ideia do livro que agora apresentamos ao público.

A Rita Wainer, sempre por perto, amor, amizade e crédito de corroteirista não somente deste livro, mas de uma vida.

A Susana Jeha, preciosa colaboração ao listar muitas destas beldades em animada prosa na colina do Pacaembu.

A Larissa Zylberstajn, minha camponesa polonesa cosmopolita, pelo internamento amoroso, em plenos feriados, para acabar este livro.

E também em caráter extraordinário aos palpites e colaborações de: Marçal Aquino, Joana Risério, Paula Cesarino Costa, Plínio Fraga, Adriana Vaz, Paulo Scott, Morgana Kretzmann, Paulo Lins, Ricardo Waddington, Junio Barreto, Caio Mariano, Marcelo Coppola, Adailton S. Ferreira, Afonso Borges, Silvana Farinatti, Manuela Dias, Otto, Eduardo Beu, Fausto Fawcett, Ailton (filósofo e garçom do Filial, em São Paulo), Chico do Chico & Alaíde, Lírio Ferreira, Lourenço Mutarelli, Halley Maroja, Leo Jaime.